沈嘉柯

愿你自在如风永少年，

山川湖海都走遍

YUANNIZIZAIRUFENGYONGSHAONIAN
SHANCHUANHUHAIDOUZOUBIAN

NO. 0000000000000000

沈嘉柯 作品

西安交通大学出版社
XI'AN JIAOTONG UNIVERSITY PRESS

内容简介

本书是作家沈嘉柯出道二十年的美文选集，共四十五篇文章，分七大主题，含他创作的优美诗歌、未发表新文。作者用细腻、温情又不乏犀利观点的文字讲述一个个励志暖心的故事。全书旨在给处在迷茫期和焦虑期的中学生、大学生以及刚入社会正在奋斗阶段的年轻群体以点拨、抚慰和鼓励，希望他们保持年轻、简单纯粹、不忘初心、追寻自由。

图书在版编目（CIP）数据

愿你自在如风永少年，山川湖海都走遍/ 沈嘉柯著
. -- 西安：西安交通大学出版社，2017.12
ISBN 978-7-5605-7204-8
I. ①愿… II. ①沈… III. ①散文集—中国—当代
IV. ①I267
中国版本图书馆CIP数据核字（2018）第001790号

书　　名　愿你自在如风永少年，山川湖海都走遍
著　　者　沈嘉柯
选题策划　张瑞娟　袁　卫
责任编辑　薛　伟　杨汪芬　苏　剑

出版发行　西安交通大学出版社
西安市兴庆南路10号（邮政编码710049）
网　　址　http：//www.xjtupress.com
电　　话　（029）82668357　82667874（发行中心）
（029）82668315（总编办）
印　　刷　长沙鸿发印务实业有限公司

开　　本　880mm×1230mm　1/32　印张　9　字数　196千字
版次印次　2018年4月第1版　　2018年4月第1次印刷
书　　号　ISBN 978-7-5605-7204-8
定　　价　39.80元

目录CONTENTS

◎序　言╲ 001

归来仍是少年

◎第一章╲ 007

在这个荒谬的世界，爱是唯一的真实

爱到死去又活来 008

时光是爱情的天敌 021

也曾奋不顾身地爱着你 030

你是我的小确幸 043

我们学着自己长大 050

我曾少你的，希望你已在别处得到 057

◎ **第二章**╲ 067

把心交给一个会去接你的人

何为初心 068

你的爱情，虽败犹荣 076

愿无岁月可回头 086

下一个转角有美景 098

向前走，别回头 110

七个瞬间 118

目录CONTENTS

YUANNIZIZAIRUFENGYONGSHAONIAN,
SHANCHUANHUHAIDOUZOUBIAN

◎ **第三章＼** 125

出发吧，去想去的地方，做喜欢的事情

倾听自己内心的声音 126

这世上，好看的面孔太多，有趣的灵魂太少 128

说走就走，是青春里最闪亮的时刻 131

不如靠自己 134

我们的征途是星辰大海 136

做自己欢喜的事，做喜欢自己的人 139

每天勇敢一点点 142

◎ **第四章**＼ 145

越过迷茫和脆弱，为自己的人生寻找光亮

勇者为王 146

当梦想照进现实 152

像鹰一样自由翱翔 159

活成自己想要的模样 164

穿过迷途，便是路 168

目录CONTENTS

◎ 第五章＼ 179

你值得被世界温柔以待

不管走多远，有爱就不会累 180

那只小狗教我的事 185

多年以后，不如怀恋 191

永远无法到达的回信 194

掌心的温度 198

别畏惧时光，你总要成长 201

愿你恰到好处地生活 203

◎ 第六章 207

用稳稳的幸福，来抵挡生活的残酷

你选择什么，便成为什么 208

我们这一代的怕和爱 214

梦想的传承 217

道阻且长，心安而后定 220

孤独的真相 224

以梦为马，诗酒趁年华 227

人生唯以无常对无常 232

目录CONTENTS

YUANNIZIZAIRUPENGYONGSHAONIAN
SHANCHUANBUHAIDOUZOUBIAN

◎ 第七章＼ 239

见识这个世界，是你最大的幸运

逍遥都是自找的 240

爱玩的人最好命 242

放下自恋，自然精彩 245

最初的梦想你还记得吗 249

省心的人最受欢迎 252

你只是看起来很努力 255

真正做自己 261

《想起》沈嘉柯

你在春天想起/想起初见/也想起再见/
想起火车呜咽开走之前/慢慢挥手忘掉的脸

你在夏天想起/想起年少/也想起白头
想起月亮在天上悬得很高/明明白白照着拥抱

你在秋天想起/
想起幡动/
也想起心动/
想起誓约种种终会成空/
风吹散了背影又何必入梦

你在寒冬想起/
想起新忧/
也想起旧愁/
想起大雪纷飞喝过了酒/
千山万水是谁陪你人世游

序言

归来仍是少年

世间万事万物，唯有先定好了含义，才能安放我们的冀望。

古代的时候，少年是指年轻的男子，而现在，少年泛指十几岁的孩子，不分男女。在我心中，觉得“少年”的定义是——坦然接受本来的样子。

我曾经翻阅一本摄影集，看到有个摄影师拍照，让一对年轻的模特表演楼上楼下互相叫喊对方，镜头的前方，是他的父母。

于是，摄影师把他父母拉过来也当“模特”客串，套上当季最时髦青春牌子的衣服，笑容可掬地站在面前。他的妈妈一头白发，表情还如同少女，他的爸爸瞪大了眼睛，有点小不安，但非常乐意陪自己的孩子玩摄影，一本正经站直了，但眼睛里露出调皮的意思。

为了成全所爱的人，不在乎什么面子年纪身份。

我觉得，所谓少年气息，是我们的外壳白发苍苍，而内在的灵魂仍然柔软，不曾僵硬。

只要你想一想少年气息的反面，比如猥琐的中年男子，怨气冲天的家庭主妇，上了年纪阴沉沉一心只想赚钱的老板，乃至苦闷无聊的邋遢宅货，你就明白了。这些人都散发着让人厌烦的气息，避之不及。

其实，赚钱是好的，成熟也是好的。良好的做法是，赚钱了，更加有能力做自己，顺着自己的心去生活，不至于把自己扭曲到不堪。成熟了，才会有更好的智力和学识，令自身内外兼修。归来，才能仍然是个少年。

我未曾见过一个不够强大的人，可以照顾好自己和身边的人。

我爬过很高的山，后来领悟到，我们的攀登，只是说明我们来过而已。山还在那里。我们下山之后，依然需要平和勇敢，继续用功，认真做事，去过自己的生活。

仅仅是写作之道，我已经见过太多人得到名利就放弃书写。其实畅销了，得奖了，应该帮助我们更加安心去写作。我希望写到七老八十。

荣耀名利，曾经得到过，你还是你，不改初衷，做你喜欢的事情。

我也曾越过各地的川流，东奔西走，采访各式各样的人。贫寒者，仅仅拥有荒山上一间草屋，门口真的还睡着一只小黄狗，我蹲下身，问他家的孩子，一个月低保多少钱。富贵者，办公室在长安街上显赫的大楼顶层，庞大的办公室，只有那一个人在里面。

无论贫穷富有，我们尊重一个人，关键看他的人品本质。不要势利眼，也不要媚俗。

昔日南湖边求学，东湖里泛舟，那些从前的朋友，后来各奔前程。有些仍然惦记着，默默在心头祝愿安好。十年一别，再见的时候，仍然像念大学时候，我们走了几公里夜路，到24小时开着的北京三联书店里去买书，哪怕别人大学一毕业就再也不看任何文学艺术或者学业的书。

也曾站在厦门的海边，看着暮色四合，跟陌生人谈心。人海之中，不设心防，聊聊自己，也倾听别人的喜怒哀乐。

我在深夜里接过热线电话，来自全国的心理疾病患者，讲述着人间至深的痛苦。

我做杂志主编的时候，读过那么多好文章，见识过那么多有才华的人。我目睹他们有人大红大紫，有人过气，有人满怀妒忌，有人散淡独居。走到最后的，仍然是那些坚持写作的人。

做记者的时候，更是三教九流都采访过。我是个作家，同时创办了新媒体公司，每天目睹的娱乐八卦，也是千奇百怪光怪陆离。

目睹滚滚红尘，反而更知道自己要什么。

我们拥有利剑，也拥有怀抱。

我们能够与厌恶的丑恶战斗，我们也能给喜欢的人拥抱。

我们心中，有猛虎与蔷薇并存。

我们坦然接受失去和悲伤，笑着挥手。不管这世界如何旋转变迁，我们守住自己心间的微光。

哪怕一把年纪了，心中仍然有所坚持，愿意为自己觉得有价值的事物去付出。

哪怕一把年纪了，喜欢一个人，也该光明正大告白对方，彬彬有礼地追求对方，适可而止，照顾对方的感受。

哪怕一把年纪了，也仍然欣赏优美的花草树木，欣赏诗歌和有个性的朋友，但绝不因此而高高在上，俯瞰众生。

山川湖海走遍，归来仍是少年，只因你心中有爱，珍重那些美好的事物。

SHANCHUANHUHAIDOUZOUBIAN

爱到死去又活来

时光是爱情的天敌

也曾奋不顾身地爱着你

你是我的小确幸

我们学着自己长大

我曾少你的，希望你已在别处得到

第一章

在这个荒谬的世界，爱是唯一的真实

爱到死去又活来

【一字记之曰】

所有关系所有事，不管纯洁还是不纯洁，一字记之曰，都可以简称为搞。所以你们今天来参加这活动这聚会不就是为搞人嘛！男的女的男的男的女的女的，搞搞新意思。大家都活跃起来，不要玩淡定。

那天那晚那KTV那沙发上的扬川，跟在场的所有人发起上面那些号召鼓舞，像个将军一样誓师。当他做完了全民动员加油之后，就有人很认真地问了扬川一个问题，那，请问我可以搞你吗？

像扬川这种嘻嘻哈哈放得开的帅哥，当然很潇洒地摆出一个经典pose：欢迎来搞。于是其他人纷纷被这四个字搞得不淡定了。

那阵仗，该怎么形容呢？

简直像是野兽出笼，一下子十七八个咸猪手围绕上来，扒裤子的摸脸的混乱不堪。好家伙，叫你说得这么赤裸裸这么嚣张这么猖狂，当然要教训教训。

惨遭集体调戏后，气喘吁吁衣衫不整的扬川还死性不改，我呸，我靠，你们这群流氓，就不能温柔点。男的也摸，摸个鬼啊！

但是男女流氓们意犹未尽继续喝酒继续开心，有人嚷嚷说道，反正大家素昧平生素不相识，干吗怜香惜玉，不摸白不摸。这其中上下其手力道十足的，扬川注意到，尤其下狠手的来自几个女孩。

作为发起这次单身小白领活动的主要联络人，扬川不是不后悔的，真是世风日下人心不古。只不过是想活跃下气氛，哪料到这群看起来衣冠楚楚的小白领，都不是好东西。虽说世界这么乱，装纯给谁看，可女的都这么流氓了，鸭梨实在太大。

抱着给自己找个好的新女友，顺便解决如今广大大龄青年个人问题的互惠互利的想法，扬川开了群建了小组。如今他只好送给自己一句老话，我真是好傻好天真。

就没有一个纯洁正经的吗？

有。鹤立鸡群的鹤一样，那女生一直围观，没有动手。

扬川决定跟这女孩单独联系。不然太对不起他今晚付出的巨大牺牲了。然而……

当天晚上他就哭了。

【哭的理由】

那天晚上的活动按时结束，扬川跟那个女孩说我送你回家吧！女孩没拒绝，于是他们上了一辆计程车。

黄色计程车在夜色里前进，一盏一盏的街灯闪耀而过，女孩沉默得很厉害。这沉闷的空气不适合事情的进展，扬川琢磨着该怎么跟她说话，怎么帮助促进彼此的了解，推动他们之间的关系发展。

所以，扬川决定用这样一句话开头：你，怎么不摸我啊？

女孩“啊”了一声，脸上看不出明显的表情，双手抱住了自己的肩膀，我为什么要摸你？

因为，因为，扬川说，因为大家都在摸啊，因为我看出来你对我其实也有企图。

女孩就笑了，笑得古古怪怪，反问道，你从哪一点看出我对你有企图呢？

我从你故意站在一边不出手看出来，你是想把自己跟他们脱离开来以示区分，你想用你的行动告诉我，我应该单独特别注意你，这就是三十六计里的欲擒故纵七十二变里的扮猪吃老虎，对不对？

女孩看着扬川，看得认真又专注。

舌头有点打结脑袋有点眩晕的扬川，忽然还有点心虚，他忍不住开始给自己找退路，啊，今天的夜色好美丽，星星很美，你也很漂亮。

女孩干脆歪着脑袋，似笑非笑凝望不语。

我觉得我今天好像喝多了，变得特别贫嘴，不好意思啊。你可别生气哦！好吧，扬川投降了。

然后女孩叹了口气，说，我没有生气，你说对了，我是对你有企图。我想看看你到底是个什么样的人。现在，我都看到了。

扬川被这个女孩越说越糊涂了，你看到了什么？

我是个什么样的人呢？

我看出来了，女孩一个字一个字慢慢说给扬川听，你是一个不快乐的人。

不，我很快乐。扬川笑了。

他怎么不快乐了？他很快乐，玩得很开心，唱歌很爽，喝酒很爽，人多很热闹，他干脆哈哈笑起来。

然而，他没有笑满半分钟，就哭了。人类这种奇怪的动物就是这样，难免哭哭笑笑。但对于扬川来说，长大以后几乎从来没哭过的男生，忽然就哭了，是很罕见的意外，连他自己都惊讶了。

世界上没有无缘无故的笑，也没有无缘无故的哭。

扬川哭是因为他突然想起了小玉。

他的小玉，死掉了。

在女朋友甩掉他之后。

【小玉之死】

人生中的生离死别凑在一起，挺惨的。虽然小玉不是人。

小玉是一只兔子。

小玉是一只极其可爱的兔子。

小玉是他跟女朋友交往一个月后，去宠物市场买的一只极其勾魂摄魄的兔子。再没有比小玉更加楚楚可怜和眼睛更加大的萌物了，生来只为揪住路人的心脏，惹人怜爱。他们很痛快地交了一百块人民币给店主，带着兔子回家。

因为女朋友自称小玉妈，所以他理所当然就是小玉爹。玉妈跟玉爹像所有年轻的恋人一样，让兔子在他们之间成为一种奇妙的纽带。

他们躺在一张床上吃薯片，兔子也吃。他们躺在一张旧沙发上看电视，兔子也看。他们躺在一块阳台上晒太阳，兔子也晒。兔子仿佛是最受宠的孩子。

就像一个地道的三口之家。

然后女朋友跑掉了，不要小玉了也不要扬川了。外貌、才华、财富、幽默感、脾气……是人世间的吸引力学里的各种元素。扬川在出差之时，已经有了强烈的预感，他跟女友讲电话时，女友没有了往日的热情回应。回到家，他特意还按了门铃，但没有人来开门。当他用钥匙开了门，屋子里干净得像是从来只有他一个人。桌子上有一封信。

而兔子，静静地待在阳台上，不知望着远方的什么。

兔子小玉没了妈，只有一个失魂落魄的爹了。然后或许是因为失魂落魄的爹疏于照料，或者是因为小玉因为家庭离异而有了心理阴影，在抑郁中，单亲家庭的小玉去世了。他烧了分手信，他主动要求加班加点，他胡子拉碴，上司看见他都想主动给他加工资了。

小玉的死象征着一段感情的死掉。

所以扬川决定忘掉过去，重新开始。他要重新风靡重新见人重新找人来交往。他还是那个阳光开朗大大咧咧的大男孩。

结果，他被戳穿了。

他不是他了，至少不是过去的那个男孩。

真要命，怎么能够在另外一个女孩子面前哭成这样呢！早知道，应该当初伤心难过的时候，好好发泄的。已经有点醉的扬川猛然一哭，就开始反胃，当他表现出要对计程车“非礼”的架势，司机冷静干脆地跐溜一下刹车，对不起你们快下车，我不收你们钱。快，快。

赶在司机气急败坏之前，扬川无可奈何扶着女孩的肩膀摇摇晃晃下了车。那女孩露出悔之晚矣的表情，不该跟着一道上车的。

不过扬川却没吐。

站在路边他仰起头，深呼吸，呼吸，奇迹一般平静了下来。站在深夜的马路，扬川低头看了女孩一眼，这女孩露出庆幸得救的神情，扬川也笑了。他终于想起了，这女孩他是第二次见到。

想起小玉，小玉的死，小玉的来龙去脉，也就想起了这女孩。

她是卖给他们兔子的动物店小店主。

女孩拍了一下手，好吧，我猜你终于认出我了！

我自己回家，你也自己回家，你不要问我的电话号码，也不要问我任何联系方式。再见。

扬川有一种奇妙的感觉，在这种奇妙的感觉笼罩之下，他没有问为什么，他只是点点头。

他们各自上了别的计程车，扬川相信，会有什么事发生在明天。

【一个装得很快乐的人】

你会惦记着你卖掉的东西吗？

作为一个贩卖宠物的动物店店主，不止卖掉兔子，还卖掉小狗小猫仓鼠金鱼各种各样的小动物。在贩卖的同时，要秉持这样的信念，每个离开她的店的小动物，最后都会被疼爱。或者秉持另外一种信念，不就是一些会动会撒娇的动物吗？是赚钱的工具。

如果做不到这一点，那就分裂了，迟早要崩溃。

米汤没有分裂，也没有崩溃，她只是选择了第三种信念，那就是给每只动物拍照，取名字，冲洗或者打印出来，保存在一个大相册里。每个人都有自己的命运，得到多少爱，爱是什么下场，都是自己的事情，宠物其实也一样。至少，他们保留了在米汤的相册里最初的样子。

那些很萌的样子。

其实卖出去的动物本来也应该制作一份健康来源档案。

米汤拿来自己看自己欣赏，自己怀念用的相册，有一段时间没去触碰了。不过，最近两天她又常常在翻了。当她翻到小玉的档案，想到自己给它取的名字，想起了那对情侣。一个很高大的男生，跟一个很小巧的女孩，甜蜜得像什么来着，像十斤白糖加在十斤蜂蜜里。

而那个男生顺口接着米汤对兔子的叫法，小玉，小玉。

然后米汤在网上搜索了“小玉”，搜到了一篇日志，以及日志的主人的悲惨被劈腿遭遇。

小玉死掉了。

当那个可怜男发起了同城单身聚会活动时，米汤报名了。

这实在是一种复杂的心态，很奇怪不是吗？看见他那么快恢复到原样，尤其是在搞死了兔子之后，米汤觉得不爽，很愤怒。这种莫名其妙的死法太让人生气了。仅次于吃掉兔子。

养死了兔子的人很可恶，但是因为失恋的缘故，又很可怜。可怜可恶活生生集中在面前的人身上，米汤就忍不住实话实说了，后果果然很严重。

米汤开始觉察到了什么。

嗯，她看见了一个人。

一个装得很快乐的男生，但其实他的伤不肯完全愈合。

他说，一字记之曰搞。他说，欢迎来搞。

可是呢？他放肆放纵的样子，背后的灵魂很苍凉。

米汤觉得自己的心脏有点痛。

【泡妞】

扬川回家了，回家之后，他做了一件事。这件事就是烧水倒水洗脚。滚烫的热水，在水盆里冒着白色的水蒸气，然后伸进去脚，温度顿时透过皮肤透过血液贯穿全身。

这是密度极其高的一天，这一天他上班发帖下班聚会唱歌喝酒被调戏被摸，又哭了。然后他倒头就睡，前所未有的安稳入睡了，像是小时候放学，在冬天学校门口吃到了最香甜的红薯。很香很甜地入睡。

醒来之后，他刷牙洗脸，漱口，穿好外套，看着镜子的自己。

看了良久，终于慢慢地笑了。他的心，飘动着更加奇妙的念头，他要请那个女孩吃饭，虽然她没告诉他电话跟其他联系方式，但是他记得她的店开在哪里！

这是一个天气很晴朗的日子，在上班路途某个公园的土丘前，扬川蹲下身嘀咕了一句，小玉，最后一次来看你了，下辈子你可要做个坚强的兔子。

然后他换乘了车，去了另外一个城区。

走过人行道，扬川看了一眼行道树，缝隙的碎光照耀，心里却平静莫名。

当他找到那家店子的时候，他接到公司的电话，问他怎么早上不来上班。扬川说我请假半天。公司的人不识趣继续问请假理由是什么病了还是家里有事。

都不是，扬川想了一想，我是要去泡妞。

然后他挂了电话，走进店子。站在店子里，鼻端被浓郁的香味冲击着，扬川掏出钱包，冲着服务生说，给我两份饼，就是那个老婆饼。

他有半年没有经过这里，以及这里的花鸟市场，以及全新的改造安排，所以他没有想到，宠物店变成了蛋糕店。那么，卖宠物的店主呢？为什么不做下去了？

扬川后悔了，他还是应该要电话的。

【关于爱】

米汤啊米汤，你为什么要关掉店子呢！因为，店子当初是和恋人一起开的啊！当恋人离开了，一个人活在回忆里，实在是一件可怕的事情。所有的东西都舍弃了，都转让了，只有一册厚厚的相册本子保留下来了。

米汤自言自语，对着镜子，她拍拍自己的脸，有多久没笑了呢，脸上的肌肉啊，简直有点僵硬了。习惯了皱眉习惯了流泪习惯了苦瓜脸的面颊，要重新开始运用起来，呈现另外的模样，也是不容易的。

虽然保留着，但是不敢去翻阅。

直到前天，才终于决定重新翻开。

是的，因为她终于决定忘掉过去，重新开始。

要重新开始，总要坦然面对呀！这也是去参加单身聚会的另外一个理由。

可是呢！

某个人就像一面镜子，洁净清晰高度抛光精致处理。她就是他，他也是她。

这个人表现得这么活泼这么开朗这么外向这么放得开说得出口，反而太不正常了。

嘴巴上说着欢迎来搞，但却根本无法接纳一个新的开始。

这是为什么呢？为什么呢！

【呼吸快乐】

如果不放冰箱，大概可以放三天。如果放冰箱，大概可以放一周。糕点制品的保质期总是很短暂。

总之不要浪费就好，扬川决定自己吃掉多买的两个老婆饼。他沿着一家超市过了一座天桥，然后太阳越晒越热，他忍不住脱了外套。

在天桥的台阶上，他笑了，发自内心地笑了，久违的快乐呀，像一盆洗脚水倒下来，淋了他一头一脸。

喂， 是你啊！

是我啊，你在这做什么呢！米汤笑眯眯地说，我肚子好饿。

所以，我是在这里等你，给你送早点的。

扬川给了她最完美的答案。她想过了许多种可能，没有想过这一种可能。

这个清晨，她回到了过去的店址，看了一眼新开的蛋糕店。

曾经那里有很多的笼子，大大小小的笼子里，住着雪白的哈士奇，肥胖的龙猫，小巧玲珑的仓鼠，神气的波斯猫，还有卡哇伊至极的长耳朵仔兔，如今这里是花花绿绿的水果蛋糕跟饼干。

贩卖甜蜜和芬芳，与贩卖宠爱和依恋，永远受欢迎。

就像蛋糕店取代了宠物店，一样那么受欢迎。而悲伤，要靠自己消化。那些在爱当中被伤害的人，想要重新开始活着，在你欢迎来搞之前。还得做一点特别的努力，熟悉的练习。

是什么练习？是伸出双手，托在下巴那，看着镜子说，叶子，叶子，花，笑容灿烂。

不，不是这样的，我这是在跟你开玩笑。

请看着自己，慢慢地笑出来，慢慢来就好。以真正准备好，重新去爱一个人，所应该有的态度。

不要走向极端吓跑观众，也不要掩饰你不是真正的快乐。

老婆饼好吃吗？

扬川问米汤。

咸咸甜甜，很好吃。

米汤回答。

他们这次准备好了开始一段关系。

也许是纯洁的男女关系，也许是不纯洁的男女关系，但不管纯洁不纯洁，都压根不关旁人的事。

时光是爱情的天敌

能不能不要鲜花不要城市不要明媚不要阳光？夏成悠吼。

自己都搞不懂为什么会烦成这样，当初她听着林期版本的许巍听得入迷，摇头又摇头，那不是否定而是陶醉，陶醉时候神采飞扬，笑容在晚霞里川流不息。林期一遍一遍哼着恒久不变化的平调。那个大学礼堂的最后一次聚会，毕业散场，他唱完了《蓝莲花》，他说我爱所有行走的诗人，我爱许巍，我爱我们的青春，我爱我的那个她。

他说的声嘶力竭，近乎咆哮。

仅此一次。

夏成悠就在舞台下面的走道上靠着墙壁哭了个满脸，中午去应聘化好的妆终于在黄昏之后花掉了。他们谈了3年恋爱，最后熬过了毕业临头各自飞，绑在了一起，像是飞渡了泸定河的红军像是登陆了诺曼底的盟军。

许巍就是名词套名词，总是那几板斧。

你知道吗？时光憔悴了脸，僵硬了灵魂，那几板斧劈不开我的心了。夏成悠不再说话了，她只是意识到，原本打算好地平静说分手，演变成这样的境地，不好收场。该怎么收场？

林期闷在床上，许久许久转过头去，他说，对不起，我早该放你走。夏成悠就走了。

林期又开始弹唱了，他已经在本城无数同学爱光顾的广场八楼餐厅里唱了一下午。

他还没有唱够吗？他的声音都嘶哑了，他一个下午可以赚到100块。一个月能够唱到3000块，但是2004年到2008年，这个城市的房价从零首付单价一千一平方米变成了六千一平方米还是中等地段。

并不是一开始唱就有一个下午100块的。

重要的是钱吗？是的。恒久不定的生活。有时有餐厅要他唱，有时没有餐厅要。有时候还要跑到周边城市，自己一个人在房间里看电视，等电话，像个傻子。

夏成悠抱住了脑袋，让那声音不要入耳。

【关酒精屁事】

2007年的12月，夏成悠问身边的女伴神龙汽车公司的男职员值得谈吗？女伴说当然。夏成悠问，神龙汽车公司的男职员并且有房子值得谈吗？女伴换成了英文，of course。夏成悠仿佛痴呆了一样继续问，那神龙汽车公司的男职员并且有房子并且身高180厘米并且对我还满温柔值得谈吗？女伴摸摸她的额头说你疯了吗？

怎么？

女伴说，毫无疑问马上嫁啊！还用得着问吗？

夏成悠喝干杯子里的液体，说我真想醉呀，真想醉。但那不过是味道幼稚的冰冻果啤。所以她没有醉她只是在开了暖气的小房间里哆嗦了一下。她和女伴分摊房租，各自一个房间。她选了便宜的小的那个。多的钱在银行里骄傲地象征着安全感。什么都抓不住，除了钱。

女伴说你真的和他分了？

分了。回答简洁利落清脆干爽，像是搭配果啤的品客薯片。

她却喝醉了。

躺在床上晕乎乎的。有时候只要想醉的主观意识足够强烈照醉不误，关酒精屁事。

女伴叹口气退出房间，说分手的是她，烦恼的是她，拉人吃东西唠叨的是她，现在累了装死人的也是她。女伴说你好好休息。

瞑目，脑袋里都是空白。

空白……空白却最适合画最好看的或者最难看的画面。

【在这个荒谬的世界】

初恋跟空白也可以扯上关系。

林期这个名字每个字都普通，连在一起却说不出的别扭。像商标不像人名，像贴在傻子瓜子上的商标不像会弹会唱会抒情会勾引女孩子会放电会在舞台上让听众流眼泪的校园歌手。

那个年代校园歌手跟现在这个年代的校园歌手，似乎没多少区别。区别是林期重新被邀请回大学，不是表演而是在台下当评委。又不是大明星，不害羞么？

夏成悠也被请回了。

各在一排座位的两个极端位置。东西两头，遥遥隔绝。

她是本地小报的记者，跑线教科文卫，不冷门也不热门，不比经济线的见识大老板，也不比副刊部总和酸腐文人打交道。她还兼顾报道本地大学新闻动态，从校长发言换人到大学的联合比赛。

真尴尬。

转移，注意力很快被手机短信转移。汽车公司的上班族并不比歌手少浪漫的神经。

就算少，难道不可以从网络上扒吗？只要他愿意给自己一发再发，塞满了收件箱。

对，尤其是他说，宝贝，我们明年就结婚吧！

是啊！明年，明年只需要半个月就到了。

校园比赛距离她不带一物的说分手走人也只是一个星期。转过头去，林期还是林期，木头人一样坐在角落边缘，刻意地回避。

台上进行到高潮部分，下面呼喊着，拿手机挥舞，暗里光电如星斑，如萤火虫。

有年轻的男孩子大喊，现在，让我们欢迎学长，知名的民间歌手林期……呵，她不知道该哭还是该笑了。

那些热情，并不太久远，现在看来却如这个世界一样荒谬。

在这个荒谬的世界，爱你是唯一的真理。

林期说过，是在夏天，在大三那年，在2004年这个城市房价一千二时，他说将来要有属于他们自己的家，在图书馆门口，在一次校园篝火晚会结束后，在星空密布下，他顺手拿了一支玫瑰递给她。

不过是充当节目摆设的玫瑰，为什么那么感动？

为什么？

【两个相爱的人】

爱也会累，会倦，会不知所措，会迷茫。毕业不是过大关，毕业不过是跳过一条小河流，转身进入了丛林。社会只相信丛林法则，不相信校园情怀。

女生宿舍里A嫁了，手指上透明的石头儿，据说抵得2005年时价的一套小户型。B离了，据说鬼佬将带她到冰天雪地的挪威吃鳕鱼，天知道是不是鬼话。C生孩子了，把照片放在同学录上惹来一片艳丽的羡慕。那漂亮的小婴儿宣告什么理想什么未来什么人生什么光荣，都是西北风。当年，抱着《光荣与梦想》的新闻系大一女生夏成悠，以及来自彩云之南的民生系音乐才子林期，都不见了。

上哪儿去了？

台下，只有两手轻轻鼓掌的小记者。她所在的晨报销量一年不如一年待遇工资像山体滑坡。她也想帮他弄几条新闻炒做一下，但最后证明，工业化社会优质包装只有大公司才能提供。

现在的孩子不听许巍不听窦唯不听郑智化，许巍签约投靠主流了窦唯放火烧《新京报》上法庭结果又撤诉郑智化出新专辑了却了无波澜在新浪做访谈胖了一整圈，结婚了有老婆伺候了活生生幸福的小男人样。

她爱的诗人歌手也不见了，只有一无所长的民间知名歌手的学长。

有许多许多的学生在喊，再来一首。

他们不关心唱歌的人唱什么，他们只爱那调调。

林期低着头说谢谢，那再唱一首《时光》，来自许巍。

对两个相爱的人，时光居然如天敌。

【志趣相投聊开了】

名词，美好的名词。歌词都是美好的名词，讽刺现实。他的声音低沉磁性，其实比许巍都还好听一点。但是，房东的嘴脸，寒冷夜捶着老空调，父母窘迫提供不了首付，单薄工资无非温饱，房价在涨，一切遥遥无期。

他说，租房过一辈子也不错啊，找个好点的。外国都是这样的。

自己是怎么回答的？

夏成悠记得，记得，自己那么生气地回答说，你说这话不违心吗？

他乡过客的感觉，太凄凉了。

被第三个房东赶出来，拖着行李拦截小货车，是多么狼狈多么落魄。她甚至被逼到底线，说我写稿子批判你。中年妇女不看报纸，愣一下反问，什么是批判你！

夏成悠大笑了。然后，在林期沉默的肩膀上哭了。迷人的男生，是怎么变成庸常的男人？

出了学生礼堂，他跟在后面，一直到她上了的士，忽然举起手，挥舞了一下。夏成悠点一头表示都看见了。

车还没开出，他忽然奔跑过来，鼻子嘴巴都几乎贴在车窗玻璃上，他的呼吸很缓慢，语调也缓慢，他问：什么时候结婚？记得给我喜帖。听徐徐说那个人条件不错，以后要好好生活。

一定，她说。

她反问，请问一个问题。

他说，什么问题。

她说，请问相爱的人是否熬得过时光？

那么那么的文艺腔，像他们在文学社里见到时候，第一面，就志趣相投聊开了，就交换了号码，就保持了联系，就开始了恋爱。

他的目光那么黯淡，天已经很晚了，司机等得不耐烦了，催促一再，说完了没？

林期，他只说了两个字，晚安。那么温柔，像是大二大三大四，每个夜晚，依依不舍挂电话前必然的功课。

像是毕业了2年，在蜗牛房间里，已经并头而眠但仍然坚持的良好习惯。他说晚安，然后，她才能够安心睡去。

【也许你记得】

找份工作吧！她说，曾经充满恳求地说。不是动荡的，不是朝不保夕的，不是听候餐厅老板酒吧主管吩咐飞奔而去的。而是工作，两个人一起像个样子的，开始存钱，甚至找同学朋友拉下面子凑合一点付了首期然后一起过下去。

林期还是沉默。

沉默的尽头，他说，对不起，我早该放你走。

这算什么？

的士的车厢里，司机在放歌。放的是新歌，蔡依林的《冷暴力》。年轻的司机轻微摇晃着头。

没有什么神龙汽车公司，没有什么有房子的职员，没有什么身高180的好男人。

那些短信塞满了手机，但来自另外一个熟悉的号码熟悉的手机。

是的，什么都没有带走，只带走了他的手机。

那么心酸的游戏，自己给自己发，发得如痴如醉。幻想的男人，与现实的林期，始终无法融为一体。她世故了她低俗了她不再青春骄傲怀着梦想坚定爱情。

回家吧！丫头，上了年纪的父亲说。半年前，父亲就这样在催促。

好！如今，可以下决心了。

回家了，靠关系找个小国有单位，再去相亲，跟许多许多靠谱会过日子的小城青年。

林期，你会飘泊下去吧！你还会到哪个城市去？你一定换了新手机新号码。

夏成悠左手拿着自己的手机，回复短信，右手口袋里闪亮了，提示有新短信。

她开始喃喃自语，用无人听得见的音量。

也许有一天，你会坚持着理想找到赏识你的唱片公司。

也许没有那一天，你和无数沉默的民间歌手一样，不得志到老。

不知道，你是否凭借记忆记，记得我的号码？

也许你记得，但我无法再等你。

也曾奋不顾身地爱着你

【给你一个机会】

没几个中学生脑袋上不冒傻气，就算装出很勤奋好学很博览群书，很超龄，很早熟。越是冒傻气的年纪越热衷发生一些事，我喜欢你我喜欢她我喜欢他。在做这些十分傻气但因为年轻而并不难看的事之时，全部适用于两分法。

撑死胆大的。啊，什么？某男同步跟几个女生交往啊，那个滥货。

饿死胆小的，胆小的智化。

智化拿脚在沙坑里搅拌，搅着搅着地上就多出一个更深的沙坑。上完了体育课，像兔子一样跳远跳到腿软的男生组，一哄而散。剩下智化在原地眺望。其实没多远距离，绕场一周也不过3千米。但这段距离要被打破，需要十万马力的勇气。啊？什么是十万马力。阿童木时代长大的人自会明了。

所以这事明显发生在上个世纪，上个世纪末。

智化闭上眼睛，看了看当时的天空，当时的云，颈椎在仰望姿势保持时间久了，有一点轻微的晕眩，好吧，宝熊，我来了。暮色夕阳浓厚无比，智化朝宝熊迈步。

宝熊又高又瘦，像长颈鹿。她在这年这月的这一天，忽然发现有人靠近她，靠近的步骤如同战场上匍匐爬行的士兵。也就是说，这个男生的状态高度戒备如临大敌。

他说，“宝熊……”

“什么？”

他费力发问：“你觉得我怎么样？”

“什么怎么样？”

智化语无伦次，“我是智化，我拿了奖学金，请你吃……”

“我知道你叫什么。我不吃。”

舌头僵硬越急越无话可说，智化抓头。

“我明白了。”宝熊很仔细打量着智化，“我给你一个机会。”

一个机会，伟大的机会令智化喜出望外，几乎感激涕零。

宝熊蹲下，单跪一条腿，“跑赢我，我就答应你。”

其实只有一刻钟，但漫长得仿佛很久很久。最初还有意识支撑，后来，当一个男生的脑海里忘了天忘了地，忘了爹娘，忘了最喜欢的女生，只想着肺，我的肺，要爆炸的肺，他是何心情？智化扑倒在地上了。在跌倒同时下意识两手抓满了沙子，沙子漏掉。智化趴在地上抬头看着弯腰喘气汗如雨下的宝熊，绝望这个词，第一次从书面进入了他的身体内。

多刻骨铭心啊！

他在操场上追赶了她接近9圈，他筋疲力尽。

在兴奋热闹的观众眼皮子底下，智化跑得瘫掉了，而女生擦擦汗走了。走之前，她望着智化，笑了一下。

智化，智化，你自讨没趣自取其辱？智化很复杂地爬起来，默默走回教室，并默默地把对宝熊的感情从爱恋转变为——恨。

【或重于泰山】

后来很多次，智化在半夜忽然醒来，会错觉。错觉他又回到了那个备受屈辱彻夜羞愧的中学时代。回到了那一天，众目睽睽，一身碎沙子霍霍地往下掉。 决绝、残忍、不留颜面，跑赢他。那种愤怒战栗与伤心，走遍智化全身。这个噩梦伴随他考上了著名学府，作为耀眼的头名进校资优生有了一名弱不禁风的女朋友。人就是这么一点点学乖的，吃不消强悍的女孩子，那就找个低服自己的。

他常常鼓舞自己，虽然我没有强壮的四肢，但我有智慧的大脑。无论如何这个日新月异现代化的世界对大脑显然更看重。

只在有些偶然机会，还是用得上男生搬搬抬抬。大二下学期，他的女朋友换了一台21英寸的超大显示器，又不想花钱找散工搬运，打电话给智化求援。

看着硕大的显示器，再看看后端标记的重量，智化犹豫了一下。他在一瞬间，忽然觉得无比恐惧。他害怕了，一个男生，害怕一台显示器。他很想装出潇洒样子说，嗨，才打了网球，手酸。或是你先上楼等我弄上去，然后暗呼个宿舍的兄弟分担帮忙。但这两种做法都很冒险。

女朋友的脸红扑扑的，没有注意智化的百转千回。她以为智化凝视着她，是发现她今天的状态极佳，“我的水色好吧！根本没上粉呢！”

好，很好。智化的脸也涨红了。他不是没有坚持运动，他每周长跑但很少举重。

20公斤以上的显示器，在智化的手腕和胳膊之间，掂量了一下，像是一座泰山。

不知道为什么，智化想起了一句改编自古人的话：“死有轻于鸿毛，或重于泰山。”

死就死吧。

智化出手了。

【相逢】

智化有时候高估了自己低估了对方，有时候高估了对手低估了自己。他觉得很奇怪，那台显示器虽然抱着吃力，但吭哧吭哧地折腾了十几分钟，中间休息了一次，搬上了女朋友所在的五楼某间宿舍。女朋友很心疼地给智化擦汗，倒水递到他嘴边。

智化双手双脚，都有些绵软，还有剧烈出力后的畅快。不，好像有更特别的畅快，恢复了男生的尊严自信。以及，以及一些些遗憾。

如果宝熊在场……靠。智化偷骂了自己一声。为什么还想着那个女生？那个看起来并不特殊，结果跑得像东方神鹿一般的女生，并没有现在的女朋友漂亮可爱。四分之一都没有。并且，智化领悟到，他比起那个中学的自己，强壮多了。智化也就心平气和了，他问女友，干吗忽然买这么大个东西？

“电脑城里打折处理啊！大屏幕看得眼睛舒服。我就让人送上的士，开到宿舍楼下。”

“哦。”智化搂着女朋友亲她水色很好的面颊。

入秋后，智化的大学承办了全国大学生运动会华中地区的分赛点。

智化陪着女朋友看现场，喧闹嘈杂，满地的空矿泉水瓶子。广播里不断念着赛况，智化听见了一个名字，聂宝熊。

智化不觉得意外，他知道她去了体育学院，参加大学生运动会选拔再正常不过。

田径运动佼佼者聂宝熊，一直领先。

智化就在场外观众席冷静地观看。女朋友却忍不住惊呼，“跑得好快，小腿肌肉真发达，比男生还好看。”

呵，呵呵。智化笑了。

女朋友反问，“你干吗冷笑啊！”

没有啊！我哪里冷笑了。智化否认。

晚饭在学校吃，餐饮大厅三层楼的桌子都满了，很多人簇拥着拿第一的运动员聚餐，碰杯开啤酒。智化没想到的是，换了白色长袖运动服和长裤的宝熊，绑着马尾，与他目光对到了。

餐厅就这么大，看到彼此也普通。

那席面一轮一轮劝酒后，宝熊跑过来，跟他打招呼，“你好啊！”

“你好啊！”

智化咽下一口啤酒，匆忙站起身，就像老同学一样热情打招呼。

“原来你到了这个学校啊！”

“嗯！你呢！”

“只有进体院，还能去哪？”大学生的宝熊更高了一点，没中学生时期那么瘦了。

智化还想多说几句话，那边的饭桌上一连声呼喊，“宝熊，聂宝熊，回来！”

宝熊便拍智化肩膀，“我们回头联系，对了，你女朋友很漂亮啊！”智化一屁股坐回椅子，女朋友似乎遇到意外惊喜，“原来是你同学，说不定将来拿全国冠军。”智化笑了，“说不定以后我能跟人吹，奥运冠军是我同学。”

“那太遥远了吧！”女友边用勺子吃一枚皮蛋，边回答。她的动作小心翼翼，俏皮可爱。

遥远吗？

是比较遥远。

当智化看书挥笔对付堆叠如山的模拟试卷，浑身痛苦时，就站起来活动两下，伸懒腰。他看着窗外运动场，避开奔跑跳跃的其他同学，运转眼球舒展眼睛。他只看宝熊。

世上很多女孩子很美很好，鲜花一般。而蔷薇科的多半有刺。更有勇气更优秀的人，才匹配她。

就这么相逢一笑泯恩仇？

【困惑】

过了22岁之后，宝熊就不再困惑。她微微甜美笑着，“请问是要果汁还是咖啡还是茶？”

推着餐车穿行在飞机机舱中间那条窄道，宝熊觉得脚酸，完结了任务，她坐在前端的小座位休息，绑着安全带，发了一下呆。果汁、咖啡、茶，不同人就有不同的口味，天经地义的参差多样，所以很难勉强一个人换口味。

并不是那种饮料本身有多么可恨形同毒药。

在万米高空上，半开的窗口射进来的阳光，很耀眼。云和天空发亮得厉害。

在这天的下午，宝熊突然想起更年轻时的痛苦困惑。

她热爱运动，喜欢运动的感觉。

她喜欢一个挺高大的男孩，同在训练队，那位同学打篮球。

他们几乎天天可以见面，特长班享受更多的自由活动时间。交往短暂得很，一天训练完，径直去赴约，打篮球的同学皱眉。他说，“我实在没法忍受，一个女孩子大量运动后流出的汗酸味。”

只有传说中的某个帝王的妃子，连流的汗都是香的，但那是传说啊！任何人流汗的气味，都不大美妙。

篮球生还说，“如果你肯洗了澡安安静静的，也很好啊！”

但那也不是人体本来的味道，是来自洗发水香皂乳液粉饼等等的化工香精制造的虚伪香气。

哪有那么多天然芬芳成分提供给全球人民使用。

宝熊很固执。

她不是做不到。但是为什么要违背自己？改变自己？

心高气傲需要付出代价。哪一个运动员没有做冠军的想法？想要有一个相互中意的男朋友，还是在人生稍晚一点后再努力吧。宝熊不相信她等不到一个男生，这个男生会喜欢本来的她。

有体院的男生示好，负伤后闪避了。

宝熊知道这种人性叫人之常情。比海更远，比天更高的梦想，实现不了也就是狗屎。受伤后就不再能够继续梦想了。低沉又沮丧，多么惶恐，不知道何去何从。

梦想，多么讨厌的一种东西。

它叫人非此即彼，左右为难，逼迫人做出选择。也许有人运气够好，幸运地遇到两全其美的人。

后悔吗？只有上帝知道。

宝熊确认了自己没这份幸运。篮球生去的北方体育院校，向来不缺安安静静香氛笼罩的小女生。

人生很奇妙。

16岁之时肯定想不到今日今天变成一名空姐。

现在的她想不安静都不可能，穿着标准制服，从机舱首走到机舱尾，过去只花她半分钟时间的运动量。她闻得到自己身上化妆后的香味，闻多了也习惯了。

等着等着，结果自己改变了处境。穿了很多年球鞋，换成高跟鞋。

但少女长大了。

宝熊终于不再困惑，因为困惑一点用没用。就这么走下去，遇到什么就是什么，顺着自己的心。

下机时候，一个男人路过宝熊，递给她名片。

她条件反射一般职业性微笑，接过名片说谢谢。事后态度平和地扔进垃圾袋。

这些对空姐心存慕求的人，宝熊没多大兴趣。她给过这种追求者机会，但他们只想要一个摆得出来看着舒心服务五星的服务员。

一个人的时候她看了一眼机舱窗户，忽然想起来什么，对自己小声说："聂宝熊，你这个笨蛋。"

【当你沧海了】

智化跟漂亮可爱的女朋友毕业后分手了。其实他们相处地一直不错，大学几年，智化体贴照顾着她，直到她自己提出分手，智化更没有为难她，并且还恰当地表达了他的悲伤。甚至，他送那个女孩子登机，飞往北欧某个福利最好，风景上佳的小国家。

女友看着智化，智化在临别之际，也含着眼泪，女孩既难过又满意地离开。

智化甚至没注意到，他的女朋友是什么时候在网上聊天，聊到了一个外国男生。

智化终于醒悟，他只对女友，付出了不到一半的心意。半真半假之间，四年毕业了。

半年后有一天智化看着重播的电视新闻，报道见义勇为的女大学生自己受伤了。

智化思索着过去，现在，以及未来，以及画面上的宝熊。她有一张其实很清秀，但坚毅的脸。

他找到体院，毕业办老师说她失去比赛水平，但救人荣誉加身，社会对她补偿，招进了航空公司。

没关系，智化计算得出概率，世界上的所有事情都有概率。

如果坚持只坐某一家航空公司的飞机，常常往复一条线路，就容易多次见到同一名空姐。

混迹在东倒西歪千奇百怪的乘客当中，在邻座的微微鼾声里，智化拿着手机，开机，偷拍了一张宝熊的照片。

她就没注意到他，走回了头端，帘子挡住她的身影。

智化端详了照片许久。

女孩子化妆跟不化妆真的差别很大啊，他涌起这种念头。聂宝熊变得美丽了。微笑满面，眼神放得很空。

他的薪水，他的周末，足够进行这项充分制造机会的追求计划。

但他忽然失去了动力。

时间的沧海桑田从来不等任何一个人。

当你沧海了，对方也早就桑田了。

聂宝熊失去了聂宝熊，智化再也找不到人生初期的宝熊。

真荒诞。

他脑海里停留着少女宝熊，汗水打湿头发，头发贴着额头，大声喘气，面颊通红。甚至，那个醉意上头、憨态可掬跑过来打招呼的大学宝熊。智化揉搓着自己的面孔，只觉疲倦之致。

下了飞机，随便找个旅馆，倒头就睡着了。

他睡得昏沉，宝熊却双目炯炯。

聂宝熊请假了，跑回了中学。

放暑假的中学显得空旷，操场翻修一新，还扩大了面积。

外围的白桦树叶葱绿，热空气传来蝉鸣，柔软的塑胶跑道，蓝白红相间。有个男生喜欢她，原原本本的她。

不过，她用折辱的方式击溃了他。

依稀她记得后来还见过一面，说些什么了，却完全忘记。大概当时酒喝多了比较醉。

不至于傻到以为他会恒久等待，说不定孩子可以地上打滚了。

然而，确知真的有那样一个喜欢她的男生存在，宝熊觉得自己胸口中，酸楚温热在流转。

她只是在当时的失恋伤痛里，无暇旁顾第二个男生。

“他是叫什么名字？他拿了奖学金好像，说要请我吃东西。”

【曾有个男生】

宝熊找到了老同学。

在中学任教的老同学有点讶异，“你脑壳坏了？空姐不当，要跑去做老师？”

当老师有什么不好？尤其是当年轻孩子们的体育特长班老师，“我都决定了，职也辞了。”老同学大骂宝熊，“傻瓜，笨蛋。你要在小孩子身上找寄托吗？”

“你说对了。”宝熊一口承认。

然后她们碰杯，干掉了一打，两打酒。

爱运动的，学体育的女生，比很多男生更豪爽。老同学请吃烧烤。

宝熊吃了很多够辣的烧烤，她满头大汗，牛仔裤、T恤加球鞋。这一刻，宝熊觉得浑身发热，她踢掉鞋子，光脚走在回老同学家的路上。如果不是脊背，她早就跑起来了。

老同学笑了，笑出眼泪，“宝熊啊，你还像当年一样可爱啊！”

“当然。聂宝熊还是聂宝熊。”

身躯虽然一天天，一年年衰老退步。躯壳里的灵魂继续大步向前。

如果智化在这一幕的现场，他必不会失望。

智化相亲了，订婚了，筹划婚礼了。一个适合嫁，一个适合娶，适婚年纪青年男女。剔去过去阴影的智化，渐渐淡忘了，物是人非的人，物是人非的记忆。

他率领伴郎同伙登门迎接新娘，接到婚礼现场。

一身雪白的女孩蹦跳着逃开，智化追赶上去。

顷刻间，重重叠叠，无尽画面闪回。智化举步而跑的时候，想起了宝熊。有一队年轻学生远远跑过去，被最前头老师带领着，一群鱼一般，欢快游走。

新娘抱住智化的脖子，智化回过神，吻了下去。

聂宝熊，少女宝熊，那一次倾尽所有的力气拒绝了智化，在智化的生命里刻下她的深重痕迹。

与此同时，少年智化，同样倾尽全力，深刻在宝熊的光阴履历上。

留到日后宝熊用来省悟。

那个男生，他跑到瘫倒，但并非中途放弃。

宝熊带着一群学生，小跑前进在市区人行道上，行道树光影错落闪烁，沿途吹口哨，加油喊着口号。跑过了学校，跑过了商城，跑过了公园，跑过了酒店，跑过了湖边，和湖边的集体婚礼。

宝熊心无旁骛，向着更广阔的郊野而去。风吹得绑马尾的头发纷纷扬扬，她更喜欢做这样的自己。

曾有个男生，如此爱宝熊。

聂宝熊有勇气继续等待下去，直至遇到对的人。

你是我的小确幸

林沫见到徐友，他正抱着大把的宣传单。在商场门口发传单的学生那么多，一大半是男生，那么大的太阳要女生冒险来勤工俭学，要么是特别缺钱，要么是天生就黑，再晒黑点也无所谓。爱惜自己的到不了这里干巴巴站着。

林沫不是后者。她很缺钱，缺一放假就到天津的车票钱和路上的开销钱。因此她必须做满一个星期。

男生徐友看着自暴自弃的林沫，忽然冒出一句，其实你可以一边打伞一边发传单的。

林沫被这句话些微地惊吓到了。拿捏着娇生惯养的姿态打工，林沫心理上觉得有点障碍。徐友很干脆地把传单都转交给了她，然后弄来了一把遮阳伞。

林沫觉得，让男生打着伞发传单的画面更加别扭不靠谱。

很快两个人脑袋都顺利转弯。变成林沫负责打伞，男生发传单，这样就变成了心疼男朋友赚钱的女生温柔站在背后的顺眼画面。至于工钱。男生说，都让给你吧，我只是出来锻炼下自己，当是好玩的。

世界上，有这么，这么好的人吗？

确实有很多的好人做很多的好事温暖很多人的心，并且还可以到都市类报纸上被弘扬一下传统美德。但那么年轻的男生，在不止一个女生的情况下，只选择了林沫来优待，也就距离好人好事十万八千里了。

这也无所谓。

只要距离林沫很近就可以了。

林沫渐渐就觉得尴尬起来，虽然她怀着深情的目的，却平白无故接受着另外一个男生的殷勤。她决定在第六天的时候，告诉这个额头上有一小块因为挖掘青春痘留下的疤痕的男生，36个小时以后，我就会到男朋友身边了。

到了第六天，依旧晴朗灿烂，耀眼日光使得市区内温度逼近40摄氏度。林沫酝酿着说句谢谢，然后推托掉明显到要变色的呵护之心。良心道德让她有点小愧疚，所以她有点不安的东张西望上下打量。天空之中半天才飘过一点浮云，幸好自己有人工树荫。一直打伞也不是轻松活，徐友用功追女孩子的表现，让林沫的小愧疚，渐渐扩大，变成滴落纯净水里的墨点，碳素分子向四面八方扩散运动，弥漫到每个水分子之间。

徐友不是顾城，不知道那首著名的朦胧诗。

“你一会看我一会看云我觉得你看我时很远你看云时很近。”

不然他一定会贴切地引用出来。

他等待着林沫的回音。

他等了六天，手臂都僵硬了，黄昏以后回学校，得拿新加坡出产的正红花油猛擦。勉勉强强舒筋活络使血脉通畅，以维持隔日的任务量。

2005年林沫毕业的时候，面试了许多家报刊的招聘。带着她穿过高档写字楼的男士最后交代她跟客户怎么说话，怎么敲打那些有负面行为的企业才能够让他们出钱做正面宣传。跟她说机关报最近被承包了，其实工作重点不是采访报道而是制作软文的阿姨，通知她最好考虑清楚马上来，现在工作不好找啊。

林沫忍不住就想恶狠狠丢出一句，早知今日，何必学什么新闻呢！念什么新闻系，直接改行当业务员好了。

没有找到工作的林沫，在最后一家绝人希望的内刊面试后，见到了徐友。那是隐匿在城市里的超级商会的内刊。徐友是外宣处助理。目光交接时刻，林沫低头一如小学时候被点名上台演习解题。

她语调匆忙地说，我还是先走了。这份工作不大适合我。

徐友叫住她，其实我们这里还需要别的职员。你别急着走。

望着熟悉面孔，逼近眼前。

不能不回忆。在2003年林沫去往天津之前，徐友送她回到学校，收好伞，交到林沫手里时候，林沫终于酝酿满了情绪，正要准备开头，徐友拦截住了她。

他说，那我先走了，你别误会，我这几天就是锻炼下自己。通过锻炼我发现交际能力提高不少看见女孩子也不那么害羞了。

他一口气说了大串大串的话，像是喝醉酒的人拼命说我没醉我没醉。林沫出了一口长气。而这口气代表的含义，溢于言表。

警觉到自己这样等于是落井下石和雪中送冰，林沫已经只看见徐友的背影了。这个男生其实有敏感的心，小心翼翼，期盼繁花盛开而时光开启爱，等到的，是他自己给自己找好台阶。

他已经拾阶而下。

林沫还能怎么样呢！

那么一点点的，一点点的清凉好感。淹没在空调列车车厢里。因他慷慨，她得享安逸舒服地前往天津卫。沿路无限乡村风光，莲花茂盛，夏日空廓。心头遗憾萦绕。

林沫还是没能够留在那家内刊。但是她离开时候，说，徐友，我请你吃东西好不好，那次辛苦你了我还没感谢呢！

徐友的回答是，真不好意思，我还以为那个职位空缺，结果，已经刚好来了人。还是我请你吧！

不，我请你！

还是我请……

林沫就发作了，别磨磨蹭蹭啊，我请就我请。

徐友愣过之后，略微尴尬了。林沫说，也不是什么特别贵的地方，就是自助餐，定额吃到撑，放心，一顿饭我还是请得起的。

大一那年和男朋友分手，并不太意外。各自不同城市不同大学，像是进了不同餐厅的饥饿顾客。

眼前的缤纷选择，过往的辛苦维系，太过遥远。

看见过去的男朋友和陌生女生在一起，而又并不避讳自己，林沫默然明了。

这是最好的交代。一切你都看见，何必我多做啰唆解释？

男朋友，不，是前男友仍然请她吃东西，客气招待，安排她住所。在青年旅馆的半夜，不是没有想起给自己打了六日遮阳伞的男生。想起又怎么样呢？暑假回了家，林沫度过了枯寂乏味的疗伤期，新学期，看见徐友的时候，她让自己微笑起来，捏捏衣角，靠近，询问，你来得蛮早啊！

徐友回答，我一直就没有回家呢！

是吗？

是的。

不久之后，别人也青草有主了。那些你离开的，就不属于你了。

此刻再会，坐在自助餐厅端着盆子来往的食客中间，林沫没有什么胃口。她只是反复去拿很多东西，每样只取一点。徐友慢慢吃着。

她很想问，你那个女朋友呢？现在还在你身边吗？

如果不在了，还需要另外一位吗？你可以考虑考虑坐在你面前温柔洋溢的我。

但这些念头太过不矜持了。

再落寞的女生，也是要矜持的。

她已经做得那么明显了，不要再卑躬屈膝到言语。

结账的时候，徐友看着她买单完毕，两个人一直出了商场。林沫说，我们散步一下吧，吃太多了消化消化。

她生怕自己重蹈他当时的覆辙。在最后希望光临命运之前，率先放弃了。她看出他没有女朋友，因为这么晚了，都没有一个短信或电话来盘问催促。

可是，他最后吞吞吐吐说，我要出国了，商会打算好好培养我。

林沫想笑自己傻，忘记了机缘这回事，还有许多其他因素可以左右。带我去好不好？

后来，林沫终于跳到一家报社，做了正规的娱乐记者。这总强过之前的酒店内刊。

出国之后的徐友，跨越了国家的界限，超过了林沫的视野范围。

忙忙碌碌的小记者，存了点钱，买了迷你小房子。

晚报的待遇一直不温不火。娱乐事件层出不穷，看多了明星故事，再眷念的美梦，也变得淡然。

有时候在夜晚最深的回忆里，出现年轻男生尚带天真的努力面孔。那是最初人为爱情坚持的可爱表情。但远去了，不再回来。

成年人委屈心肠，太多太多时候，要告诉自己随遇而安。骗自己开心过，就是胜利。

但不再回来的人，总是想起来，揪心的失落，绵延不绝。

带我一起去好不好，只是一句默念在心里的话。

怎么带呢？

青年才俊是公费栽培。自己是工作都找不到，完全可能沦落为需要白养的蛀虫。二流大学的新闻系，又没工作经验，外语一般，怎么带呢？甚至彼此那点爱慕，没有明了过，含蓄隐晦。

自己都发笑。

关于徐友，再无消息。

2008年春天，王家卫重新倒腾了他那部老经典《东邪西毒》。据说这次剪辑是终极大师版。林沫耐心地等待导演到底在哪些地方动了手脚，回去她好写报道。

但是等了许久，她几乎睡着。奇迹一般醒来时，已经是结局时分。她问旁边观众，旁观人告诉她其实只是加了几分钟的戏。最后一个镜头，在大红衣裳的国际巨星张曼玉似笑非笑的悲伤里消失。

转头看向大银幕，寂寞到神经质的西毒终于说出了他的心声：我从小就是孤儿,深知要想不被人拒绝，最好的办法就是先拒绝别人。可是那又怎样，在他们最美好的日子里，他们都不在对方身边。

欧阳锋最羡慕的人，是洪七，他可以带着老婆闯江湖。洪七担心，没有人带着老婆闯江湖，这会被人笑话。

那又怎样，有谁规定，带着老婆就不能闯江湖。

林沫那么羡慕那么羡慕洪七的老婆。她知道自己要什么，而且坚定不移地要了。下那么大的雨，她被洪七赶在外面淋得湿透，但她却在纳鞋底，哼着歌，她得到了，所以有资格快乐。

我们学着自己长大

【不比第一只蜘蛛更孤独】

宁北悦其实很反感她在2005年整个秋天所要做的额外工作。她要代替齐抿整理每个人的汇报。那些以各种名义必须要交上来的报告。比如经过了一场暑假野外实践考察有没有什么收获，也比如组织了一场学院的对外法律援助。 因为齐抿是班长，而她是班长的女朋友。

班长其实根本不会看那些密密麻麻的套话与废话。但北悦要看，然后提选出其中的一两句话，这样齐抿在开班会的时候就显得很用心。

当北悦一个人在宿舍里寻章摘句的时候，齐抿在学校操场上踢足球应该又赢得了几声喝彩。看到厌烦时候，她把大叠用笔记本撕扯下来的纸、印刷有学校题头的信纸、专门用来写报告的B5的打印纸，翻过来盖在桌子上。连足球队的出战宣言，也由她归纳。女生给男朋友做点细致活好像天经地义。

最后一页的背面是一笔清秀好字，全然手写，信笔涂鸦的架势。

“我并不比一朵毛蕊花或牧场上的一朵蒲公英寂寞，我不比一张豆叶，一枝酢浆草，或一只马蝇，或一只大黄蜂更孤独。我不比密尔溪，或一只风信鸡，或北极星，或南风更寂寞，我不比四月的雨或正月的溶雪，或新屋中的第一只蜘蛛更孤独。”

北悦就笑起来，一个人发笑。然后念了一遍，还是忍不住发笑，笑着笑着就翻过来看。

【足球队员和足球队员是不一样的】

一个大男生被人看见了自己抄写在废纸背面的话，多少有点尴尬。在第三学生餐厅相遇时，北悦有意无意提到这个笑料，王戈尴尬的样子表现为一直低着头。北悦就更加想笑，喂，看不出你心思这样细腻啊！

哪有，在图书馆看书的时候顺手抄写的，就是觉得念起来很有味儿。王戈说。

这也就是间接在说小宣言也是在图书馆里寻章摘句抄的。北悦把从笔记本子上撕下的纸还给王戈。他再看一眼北悦，说，我认识你，你是队长的女朋友。

王戈也是校足球队的。

足球队员和足球队员是不一样的。有一阵子北悦还以为所有的校足球队的都有后来面目可憎的嫌疑。

齐振早在2004年的10月入学军训未结束时期，就把她给拿下。这个词后来齐报当着他的哥们儿也照用不误。嘿，我在她面前进了3个球，打横一把抱起她，就成了。一分钟拿下。

北悦得承认，看着额头满是汗骄傲又兴奋的足球队队长下了场，枉顾其他女生的尖叫和殷勤，直接满足了自己的虚荣，确实拿下了她。然后，给他递上温热盐水，送上白色毛巾，甚至洗满是男生荷尔蒙气味的球衣，她都是心甘情愿的。

大一以后，满世界都知道她宁北悦是齐振的女朋友，蔷薇有主了。

满世界。

【两个人一起滚落地上】

2005年5月的夏天，齐振带着球队跟隔壁的政法大学一仗打下来，棋逢对手好不容易险胜，吆喝着一起去小餐厅吃烧烤喝啤酒庆祝。他请客，携带宁北悦。混杂在一群男生中间北悦觉得很不自在很不自在。男生们明显想放肆又没敢彻底放肆。挨个客气地跟北悦敬酒，然后齐振一一代喝。这样就更加衬托得场面热闹，倍儿有面子。北悦赔笑着每个人，自己还是只喝果汁。

这当中只有王戈默不开口。轮到他，也只是举一举杯子，慢慢咕隆完一杯。齐振推开杯子，揽过王戈的臂膀，很义气地说，嗨，你怎么不喝？一点也不爷们。王戈看看齐振，再看看北悦，只说了一个字，干。他们就干了6打6瓶装的青岛，也就是36听。

然后齐振明显醉话连篇起来，看不出你小子场上不错，酒量也不错。王戈仍然是默默灌酒，活像是无底洞一样。最后下了饭桌，两个人一起滚落地上。

在滚落之前，王戈说，别喝了，我输了，再喝该伤胃了。

【一定要给自己面子的人】

中文系的王戈和法律系的齐抿是不一样的。就像是足球队长齐抿和足球队队员王戈是不一样的。愿意给别人面子的人，和一定要给自己面子的人也是不一样的。

那一瞬间北悦忽然想起了塞林格的自白："一个不成熟男人的标志是他愿意为某种事业英勇地死去；一个成熟男人的标志是他愿意为某种事业卑贱地活着。"

她一直观看着，全程观看，毫不劝阻。很多事当事人骄傲而迟钝。而旁观者手握计算器细致地算出了答案。

天平已经倾斜，但有些人看不见，因为这倾斜静默无声。比光明正大更具诱惑的，是隐蔽藏匿的爱。

2006年秋天齐抿不再出现在足球队，大三之后就业跟考研变成两座大山。他的班长职务也歇了。最为搞笑的是，同年他的体育课没及格。在辅导员办公室外，北悦听见精彩对白，传出去不是笑话嘛，堂堂校足球队长三千米居然没及格。

北悦听见齐抿解释，因为上午脚痒忍不住去踢球了，结果下午……

后面的北悦没有听下去，因为她走到对面比邻的文学院，仰头看见了红纸黑字的喜报，其中一条是王戈同学获得校职业规划比赛二等奖。齐振出来以后冲她说，在看什么？

我们下午去下体育老师家吧，只好给他送点礼了，有一科不及格不好评校三好，找工作又少了点东西。

晚上从教工宿舍区出来，风一下一下吹开北悦的眼睫毛，很刺眼。她在泪眼婆娑之前说，我们分手吧！

齐振在愣过以后，骂了一句。然后开始气急败坏起来。北悦不想解释自己流泪是因为眼睛里掉进睫毛了，如果这样能够让齐振好过一点，也无所谓了。

【王戈不会】

北悦准备了许多话告诉王戈，比如为什么要分手，因为我感觉喜欢你。为什么喜欢你，因为我喜欢你的细腻喜欢你的沉默，喜欢你照顾他人的处境与想法。所以如果你不介意背负一个抢人女朋友的小小恶名，那，我愿意做你女朋友。

王戈一一听着。

在最后他只回了一句，这句只有一个字，好。王戈更像个男人，而齐振，像一个起初迷人但叫人渐渐抗拒不安的男孩。

宁北悦对自己说，你的眼光不会错。

王戈不会当着别人的面说拿下了她，仿佛她是一件玩具一个比赛目标一个打赌的彩头。王戈也不会派放她做烦琐所谓女朋友该做的事情。

王戈更不会动不动就和人拼酒，炫耀说我女朋友漂亮吧。甚至，他提到过去的女朋友，也不出一句恶言。

直到王戈在和她约会的某一天，忽然说，有个同学经过，他打算送一送。她懂事地自己回学校。

在学校遇见齐振的时候，想要假装没看见躲闪过去。但齐振径直走到她面前，她有点慌张。

想做什么？

已经分手，何必纠缠。

齐振却只是望着她，良久，叹了一口气，转身走开了。大不像从前的脾性。北悦赶上前去，有什么话要跟我说，就直接说吧。

齐振想了想，回答，没什么，只是想看看你最近好不好。

只是这样吗？

北悦问。

齐振没有开口，终于伸出手，掌心里是他的手机。清晰的画面浮现在小小屏幕上，是王戈和另外一个女生。

她转身而去，她需要解释，王戈给她解释。他足够成熟的语调说，那是以前的女朋友，需要救济借钱，怕北悦多想因此没有提。沉默半天，她点点头。又想了一想，轻轻说，我们分手吧。

王戈愣一愣，仍是一个字。好。

她给齐振打电话，像是落难的公主求助于路过的武士。我们重来好不好？

【终归教过我们的】

当时电话中的齐抿说，太迟了。

齐抿已经毕业，与现在的女朋友不声不响拿了证。

而王戈，寂寞令男生长大成人，但使王戈寂寞的，不是她宁北悦。他掩盖事实，他去见以前的女友。北悦早该知道，必有一个女生在前，才令一个男孩兼顾隐忍与美德。隐忍与美德，那是别人教会的，不是北悦。那个女孩，叫王戈刻骨铭心。

王戈始终难忘前女友。

这是北悦无法忍受的残酷事实。

2008年的夏天，毕业时分，空气如每年那般炎热。她喝了一些散场告别的酒。宁北悦回过头，站台空荡荡得不像话。

她忍不住蹲下身，仿佛要呕吐的样子。她被一双有力的手臂扶到垃圾桶边，良久才恢复过来。这个人说，吐完就舒服了。他递给她纸巾，送上纯净水漱口。动作手势，语言神态，温柔而克制。这个人身边还站有一个女生，女生说，我们该上车了。

宁北悦说谢谢。

谢谢属于他人的齐抿。

终归那些教过我们的人，都可能成为过去，不在我们身边。

我们学着自己长大。

我曾少你的，希望你已在别处得到

讲述人：郭嘉

性别：女

年龄：26岁

职业：白领

执笔人：沈嘉柯

1

大三的下学期，本地的报纸纷纷预告，狮子座的流星雨将在某天凌晨抵达这个城市。

大学里到处是公开的约定，比如那天晚上跑到江滩去守上半夜，或者上某个K歌的地方熬夜。我闷闷地在宿舍发呆。只有情侣们最喜欢这样的浪漫事，我没有这样的福分。陈木俊三天前的话，还在耳朵边回荡。他说，谈恋爱嘛，就像是吃水果，不试过苹果、李子、葡萄、杧果，又怎么知道应该喜欢哪一种？

我不得不生气，我怎么能够不生气？虽然我是如此喜欢他，但那一刻我忽然想起了尊严。

爱情也是有尊严的，被爱的人难道就是君主或女王不成吗？

我扯掉巧克力盒子上紫色的包装线带，整盒地摔到他身上。甜蜜的气味滚落得到处都是，再芬芳也叫人掉泪。我一个人跑掉了，陈木俊没有从后面追来。

午夜时分，我睡得迷糊，忽然被摇醒了。是小友抓着我的手晃悠，小嘉，快起来，我们一起上天台去。去天台做什么？我一个激灵，有人跳楼啦？

小友啐了一口，瞎说什么，今天晚上有流星雨，你忘记了吗？

宿舍六楼的顶楼，一大群女孩子躺在地上，抱着棉被瑟缩着靠在一起。我和小友拥挤在一个棉被里，我问她，你男朋友没叫你出去一起看？太冷了，大半夜在外面会死人的。

凌晨三点，东南方向，两到三颗小星星滑落，我听到六号楼全体发出惊叫，夜空里的流星似乎顿了一下，然后半边天空就下起了光芒绚烂的流星雨。

我发现原来整个学校的顶楼都埋伏着男生和女生。等到最耀眼的顶峰，眼睛开始花了的时候，我的周围都是手机的声音，以及缠绵的对白。原来如此，现代的爱情，就是这样折中，不要一起受罪，同一个夜空下看过同一场在凌晨下的狮子座的流星雨，在电话里一起分享和感受，就足够了。

结束后，我慢慢地走下楼，因为小友还没和她的男朋友聊完。上了床铺，我丢在枕头下的手机显示，有一个未接电话，一条短信，来自同一个人。

2

你跟我是怎么恋爱的？我常常问陈木俊这个问题。显然，这个问题每次都叫他犯傻。其实我们大一就认识了。他宿舍里的兄弟，爱上了我宿舍里的姐妹小友。我曾经陪伴我的姐妹小友，登门考察过。

我和陈木俊点头问好，相互认真打量过，彼此套过话，但就是没任何感觉。青春如白日一样，最是容易流转而过。

转眼大二的时候，我肩负着因吵架赌气的小友的任务，将一封“分手信”送到她男朋友的宿舍。那天是圣诞节前夕，陈木俊在台灯下忙碌着做一件礼物。那礼物很漂亮，一看就知道是揣摩了女孩的心思买的。他旁边是剪刀、小装饰物品，一样一样地堆上礼物，成品出来了，在灯光下熠熠闪光，令人怦然心动。我站在旁边看了十多分钟，他没察觉，我问，是给哪个女生做的？这么认真。

他似乎做累了，靠在椅子上满脸无可奈何：是中文的阿雯，这是最后一次了。她总是拒绝我。

我不愿意再纠缠她了，只要她开心就好。

他的眉目格外清晰起来，在只开了台灯的房间里，明亮起来。我说，你真是个好男孩！

这样的男生，现在还有多少呢？我的眼光虽然高，一贯冷漠，心里突然被什么触动了。月光凉如水，出门后，胸口还是荡漾着异样的感觉。我低头笑了，是了，我的爱情来了。

3

新学期开始后，我辗转通过小友和好的男朋友那里得到消息。陈木俊最后一次也被拒绝了。很是奇怪，他各方面条件都还好，怎么就老被女孩拒绝呢？

我吐出一口气，全身轻松了。我说，我们两个寝室关系好近，老是帮你传信，干脆联谊得了。小友一听，表情古怪地看着我。

你是怎么了？看着我不说话，我又不是你的亲爱的。

我纳闷地笑了。

因为很巧，那边寝室某某同学也提议呢！老实交代，你是不是有什么动静了？我们这群姐妹，只有你眼高，还是女光棍呢！

我举起手，像美国总统就职宣誓一样，说，这样啊，我发誓，我绝不拖女生405宿舍的后腿，早早完成任务向寝室长小友汇报。大家捧着肚子逗乐成一团，从来没看见小嘉这样不严肃过。

爱情就像四月从南方吹来的风，久被冰冻的心也被温暖地融化。心融化了，人也就开朗了。我察觉到自己变了，这个时候，我收到了陈木俊的约会邀请。

我如约而至。很意外，他并不是一个一味痴情到固执的男生。在一起的时候，整天被他的笑话逗得抚摩肚子，只是快乐，只有快乐。

到了繁花成荫的夏天，我第一次踮起脚，吻上一个男生的嘴唇。就在图书馆后面的广玉兰下。

他说，等我们毕业，我来娶你。

我说，好，我一定等到。

4

我始终没有机会，等到毕业嫁给他。

我很后悔，如果那天不是贸然冲进陈木俊宿舍，就不会看见周颖，他们情景亲密。我醋劲上来了，口不择语。他气冲冲地说了许多话，其中就包括我不能够忍受的“恋人水果论”。

就是那年，报纸新闻上说——《狮子座流星雨将临，情侣纷纷相约去看》，引得学生们也心痒。我想，他应该趁这个机会约我，然后道歉，我们就和好。就当一切没发生。

可是，那天晚上在六楼的顶楼看完流星雨回去后，我收到的短信里说：我已经找到了自己真正喜欢的女孩，你不要再来找我了。

我还会去找他吗？我是有尊严的。

我对自己说，但是枕头全部潮湿了。看完狮子座的流星雨的女孩子们都疲倦地睡觉去了。她们睡得很香，有人讲梦话了，都是甜腻情话。只有我自己知道，我怎么睁着眼睛，看着天花板到天亮。

她们说，你看你，熬点夜就眼睛红肿如核桃，真没用。我笑笑，收拾一下自顾出去了。

5

一年后，再次回到学校，经过系办公室时，认识我的辅导员老师叫道，是郭嘉吗？

我回答，是啊。

你怎么有机会回来了？

我说，我已经落在广州工作了，可能从此就确定留在那边了。今天回来办理户口转移手续。辅导员老师点头说好，是好事。这里还有你的一些信。毕业生走了后，一两年内常常还有信件，你有还有联系的同学，就和他们说一下。

我点头，说再见。抱着一堆书信离开，坐52路车回宾馆。挑了个靠近垃圾桶的座位，看一封处理一封。看到最下面的，只有三个字署名，时间是最早的，陈木俊给我的。

他的字仍然好看："我追过很多女孩子，却只谈过一次恋爱。就是和你——郭嘉。她们总是说我这个人帅也一般，但油腔滑调不老实，没有安全感。只有你，是第一个说我认真的人。我总是想，女孩子就跟水果一样，不尝试许多滋味，怎么知道最适合自己的是谁？但认识了你，我不这样看了。爱情并没有那么多的道理。那天跟你说了，我就后悔了。我在第二天就正式拒绝了周颖。我打算等流星雨那天约你出来解释。但是打你电话没人接听。周颖又来找我，我出去躲开她。后来你就不理我了。”

“直到两个月后，我清理手机短信时，才发现那天周颖拿我的手机给你发了一条短信。你看了这封信，就明白了。”

太迟了。虽然他在毕业前写的，我却没收到。

信来得迟了。

我就在车上，拿手机打遍所有可能知道他情况的同学。

6

那次短信之后，两个月来我没找他，他也没来找我。他也许还以为只是冷战。我也在心里给这段感情做了判决——分手吧！

我换了手机号码，大四上学期我去找了工作，直接过去广州的一家公司试用。回来，已经是五月，办理毕业手续，没有遇到他，也许他忙着找工作了。

他写那封信的时候，我再次离开了。

我在列车上告诉自己，永远不回学校了。谁会想到还会回来？旧伤淋漓流血，我想新恋情也许是最好的药粉。在广州的公司我认识了易远良，一个高大英俊的男孩。他和陈木俊一点都不相似，我怕一点相似也会勾起相思。

易远良很好，脾气温和，对我也好。一个人在城市里打拼很孤单，我就和他同居了。一年的磨合，见过双方家长，我们就订婚了。因为催促落户，我回学校办理手续。

冥冥一切，恍惚注定。如果我不离开，不想找新感情，就不会认识易远良，就不会要订婚，就不会要回去，就不会看见信。

在公交车上我打爆了手机储存的几百元电话费。一直问到小友的男朋友，他说，在一周年的同学会上，看见他和他的老婆了。

错过，就是相隔天涯。我仿佛看见毕业离开的那天，忧伤的他，失望地等不到回信和消息。终于发誓，彻底忘掉我。

7

日子如流水，时光悠悠，青春渐老。

有一天我上班，鬼使神差地在网络上使劲搜索陈木俊的名字。网络上居然有那么多的人和他同姓又同名，但只有一个才是让我曾经在繁花成荫的夏天，坐在水池旁边心口绞痛的“陈木俊”。

那个名字下是个人博客。简单的日志里，最上面一篇是这年5月17日的记录。

内容是一首歌的歌词，大段地抄录着江美琪的《那年的情书》。

我戴着耳机，猝不及防地闯进了音乐声：手上青春还剩多少，思念还有多少煎熬，偶尔清洁用过的梳子，留下了时光的线条。回不去的那段相知相许美好，都在发黄的信纸上闪耀，那是青春诗句记号，莫怪读了心还会跳，你是否也还记得那一段美好，也许写给你的信早扔掉……

流水带走光阴的故事，彻底改变了两个人的命运，听到最后一句，

“这样才好，曾少你的，你已在别处得到”。

我的眼睛停留在博客上的一句话，“给我心爱的郭嘉”。

很久很久，我轻轻地摘下了耳机，因为眼泪已经充盈了整个眼眶。就在心里说吧：再见了。

我曾少你的，希望你也已在别处得到。

YUANNIZIZAIRUFENGYONGSHAONIAN,

SHANCHUANHUHAIDOUZOUBIAN

何为初心
你的爱情，虽败犹荣
愿无岁月可回头
下一个转角有美景
向前走，别回头
七个瞬间

第二章

NO. 0000000000000000

把心交给一个会去接你的人

何为初心

1

何谓初心？

很多人念念不忘，却全然懵懂。

海风以永远不停歇的坚持，一再扫过沈幸的额头，她的头发，她的下巴，她的身体。大树在风中发出沙沙鸣响。

她凝视刻在树背面的那句话，“C、S到此看海，永远相爱。1999年

4月5日。”呼吸着不打算停歇的风，许久以后，沈幸转身，沿着斜坡向下走去。

2

鼓浪屿之旅充满亮点。

比如48块钱一只的半大海蟹肢解烹饪后，卖相唇红齿白，肉质鲜甜细嫩，葱姜衬托有致，沈幸深深咀嚼一口，被它彻底感动。

比如海底世界亲眼目睹到传说中的河豚。原来号称剧毒美味的鱼种，长相憨厚像上个世纪的农民伯伯，气鼓鼓的，感觉一戳就炸。比如令另外一只女海豚罕见地怀孕的男海豚鹭鹭，曲线优美，身材一流，让现场观众尖叫连连。沈幸也被这种热烈氛围感染，兴奋鼓掌。白T恤白长筒胶鞋黑裤子，年轻帅气的训练师，面向游客询问，“想跟海豚先生亲密接触的朋友，请举手。”

作为最受欢迎的游客互动环节，观众席顿时手臂如森林。沈幸也高高举出自己的手，从小学到大学，沈幸从来没有这么积极过。那么可爱的海豚，谁不想亲密接触。

幸运之神于几百号游客中，眷顾沈幸了。

那只优雅得像个真正绅士的哺乳动物，靠近沈幸，碧蓝的水池反光使人晕眩。沈幸忍不住闭上眼睛，感觉心脏怦怦地紧张跳动，沉重有力。比她的心跳更加沉重有力的，是海豚的一吻。

这一吻在额头。直到回到旅馆，沈幸仍然有些微的头晕。她单手抚摸着额头眷念回味，忍不住想起了吻过她的那些男生。想起之时，她又忍不住比较起来。比较结果是，沈幸在蔚蓝寥廓的天空下，在日光耀眼的天空下，自言自语，海豚都比你们吻得深。

大抵，只有一个男生，最是接近，最可媲美这一吻。

各个景点有足够的亮点让这趟旅行几乎十全十美，除了因为小意外绑到手指上的创可贴。

3

21岁的沈幸是个货真价实的小白领，24岁的沈幸是个公司里的伪中层，27岁的沈幸是个独当一面的小高层。27岁的月薪足够全程飞行舒服来去国内旅行两次，但高密度的出报告做方案早已经叫沈幸提前为之折腰。她的腰肌劳损了。很损，损得阴狠毒辣。

在健康会所接受物理治疗红外线照射一番后，收效一点也不显著。沈幸决定给自己放假，旅行疗伤。比如去看海。但沈幸还是犹豫不决。因为看海也有很多选择，海南有三亚，山东有青岛，厦门有鼓浪屿。沈幸迷迷糊糊听见有人说，那就鼓浪屿吧！

没有给男朋友报备，没有跟任何人通气，沈幸出发。

被海蟹的美味征服、被河豚的憨态雷到，被海豚的亲吻击中。沈幸觉得，天空海阔。

大学时她代表学校文学社，采访过一位80多岁的著名诗人，诗人临死前说的话，此刻被沈幸想起来，觉得很适合用来比喻自己的心情，

“这一切都很好，这一切都很美。”

大把年轻游客，大把青春，大把阳光，大把海风，身在这些大把美好当中，沈幸逐渐觉得腰疼淡化了一些。

在沈幸抵达环岛木栈道，躲避在大榕树下享受阴凉时，男朋友发来连环短信檄文，讨伐批判沈幸一个人出来玩眼中无他，心中无他。沈幸很想代替男朋友补充一句，床上也无他。

没有旁人一边打呼翻身磨牙梦话。一个人在岛上小旅馆的大床上，沈幸甘甜酣睡。像是少女时期偶然偷翻的武侠小说里，被无私前辈高手免费灌输了数十年内力的主角，四肢百骸无不舒畅。

实际上她的回复是“亲爱的，等我回来连人带礼物补偿给你”。沈幸已经不是拙于应付懒得敷衍的小女生，早晚修炼，读书看报，深切懂得维系男女关系的大道理是给他面子。常常给，反复给，一直给。就要谈婚论嫁了，一旦破败，从头再来成本高昂代价可贵。

然后，沈幸深深叹了一口气。她光着脚，在树下一隅的清凉世界半躺下，放松得情愿就地安葬，任凭骨肉消融。

小女生时代幻想过的第一次看海，是要由自己最爱的男孩子陪伴。愿望一直落空。

那些纵贯过去和现在的男朋友，多数爱沈幸，却不是她最爱的。

4

1999年，大学生陈科每个月总有那么几天，出现在一个通常堆砌烟头，充满浓雾的狭窄甬道。这条甬道建立在某个超市的侧面走廊。这么小的面积也被充分利用起来，作为贩卖希望的容身之所。

被贩卖的希望定价为两元。两元钱一注的庞大的中国福利彩票事业，是由成千上万的彩民支撑起来的，包括学生。针对日益增加的大学生彩民，电视台的某个节目播出了不到半分钟的消息加以报道，“彩民小陈是M大的大二学生，也热衷于购买彩票——他说中了五百万要给父母买大房子，带女朋友一起看海环游世界。”

就读新闻系的陈科，碰巧就在现场，第一次上了电视。

当时，名为沈幸的女生，在M大第一食堂看电视的时候，看见了彩民陈科，她发呆了一下，心跳加快，爱情诞生莫名其妙。她也想有个带她一起看海的男朋友。

后来，彩民陈科就不怎么一个人来，而是带着一个女生一起来买彩票，一次买五注，雷打不动。两注自选，三注机选。女生对彩票毫无兴趣，只对男朋友陈科的承诺感兴趣。

沈幸问陈科：“中了五百万怎么花？”我们已经双宿了，当然还要双飞啊！环游世界。

啊，多么美丽的承诺。双飞第一站去哪？陈科问沈幸。沈幸吞了一口口水，以陈科最喜欢的斯文清纯表情说，我想去看海啊！

生在内陆，长在内陆的沈幸，17岁还没有看过海。

陈科说，“嘿嘿，嘿，不用中五百万也能带你去看海，我去年到鼓浪屿看过。”沈幸被彻头彻尾的甜蜜包裹住，形同夹心巧克力包裹住的蜜糖之心，她凝视着陈科，但大脑已经放空。在沈幸被感动到近乎瘫软的时刻，陈科趁机狠狠地吻了沈幸。

当然，沈幸没去成。因为没多久就分手了，陈科去吻更美的女生去了。最爱的男生，不一定是最好的男生，更未必是最忠于自己的男生。

沈幸哭得死去活来，17岁年轻女生的失恋伤痛好比上刀山下火海。

沈幸很想战斗一场，横刀夺爱。但她酝酿千百遍勇气，在街头遇到陈科拉着新女友，一声没吭。

27岁之前，一直没去看海。

5

在疗养院给腰部做物理治疗的沈幸，百般无聊，拿起一份《外滩画报》，在生活版第十页里报道说，2006年5月15日外国登山家马克攀上了世界巅峰，为此失去了五根手指，但他不后悔。

这新闻没看完，沈幸就哭了。

马克啊马克，谁为你感动？

当然是沈幸。

“顶端最美的不是自然景色”，马克说，“你甚至可以看到地球的轮廓，但你知道，为了看到这一点，你付出许多。心理上的满足感最美好，会伴随你终生。”

到哪里实现人生的第一次看海并不重要，甚至有没有最爱的人陪在旁边也不重要。

因为马克没有双脚，是个残疾登山家。

站在珠峰之巅的登山家都可以没有双脚，诺言的现场又何必需要主角？明白这个道理，沈幸花了十年。

也许这个道理实在太简单，简单到，看看残奥会，看看任何身残志坚的典型模范都可以获得。但也许拖到十年后的今天才获得，只因为冥冥中安排了一切领悟，需要在一份华丽的画报上读到一篇无腿马克的报道，恰如万事俱备，只欠东风。

不，不对。沈幸否定了这种励志的思路。那些看过的典型，所有没能感动沈幸的人和事，并没有揭示真谛。

6

尘世间的真谛只被马克揭示：实现一件事情那一刻的满足感，会伴随你终生。

做一件事和所携带而来的满足感，爱一个人和爱的感觉本身，不可等量齐观。是人类有别于所有动物的自恋。

伴你终生的满足感，比看见地球的轮廓这样壮观的美丽更加重要。

在扔下画报两个小时后，沈幸坐在南方航空公司的日航线上，凝视明暗变换的机舱小窗口，无数云彩流过她的眼眸。

云生云灭，心念刹那，她终于筹划了一件别人看来觉得可笑，对自己却具有意义绝对值得去做的傻事。

她要去看海，哪怕只有自己一个人。

尖锐的锋刃刻画在植物叶子上，栏杆上，旅馆角落，最后还刻在日光岩的百年大树上，既不文明，也很可耻，更加幼稚。

真实的身边没有携带想一起看海的恋人，但沈幸心中打包了，随身携带。她只要当时的那个陈科，不要后来的。

沈幸用力挥刀，手指甚至被小刀扎伤，些微流血，但她升腾起如晕船、如大醉、如烈焰、如暴风、如海啸的满足感。

问世间情为何物？问世间何为初心？

塞林格说：“有人认为爱是性，是婚姻，是清晨六点的吻，是一堆孩子，也许真是这样的，莱斯特小姐。但你知道我怎么想吗，我觉得爱是想触碰又收回手。”

你所理解的初心是什么意思？

初心是未完成的留白，不圆满的人生永远折磨着你去填补。

那就亲自去完成去填满。收手之后，哪怕纯属虚构，也够用一生。

“1999年4月5日，C、S到此看海，永远相爱。”

你的爱情，虽败犹荣

1

谢辰喜欢她的老师陈磊。

17岁参加高考，小城市里的文科第二名，分数越过了一本线几十分，愣是没上成武汉的名校。她的第二志愿带着她到了冷得骨头疼的哈尔滨，跟那些只看《船舰知识》《兵器》杂志的男生们读一个大学。

谢辰喜欢的陈老师并不授课。

18岁的谢辰放弃口罩放弃围巾，在索菲亚教堂门口喂鸽子。那个有名的电影明星喂鸽子全国人民都知道，谢辰的下落行踪就只有林海洋知道。有一个人知道，就不算寂寞。

谢辰喜欢的陈磊是个大她十岁的年轻人，在校学工处上班，完全没有老师的架子，亲切得就像所有学生的好兄弟好哥们，唇红齿白高大活泼，讲起小黄段子的时候头顶的卷毛微微颤抖。

16岁的谢辰，夏天到武汉的亲戚家玩，路过光谷的一场青年创业汇。每个演讲的人都被标注出地址身份。散场时候，陈磊跟一群人在交流中心附属的咖啡馆聊天，哈哈大笑的时候，隔了两张桌子的谢辰心里就雪崩了。

原来真正爱上一个人，这样满心惶恐和悲伤，过去的自己刹那死掉，另外一个自己冒出来。笑声听久了，谢辰觉得自己就像雪里藏尸，悲伤得回天乏术。

复活的办法只有一个。

去找他。

2

谢辰去找了。

而今她和喜欢的人只有一步之遥，唇红齿白的陈磊忙着跟请来的嘉宾说，“老师您别怪这孩子，实在是太老实了不爱说话，招呼不周您多包涵。”

只有参加他负责的活动，才能离他这么近。谢辰积极参与，主动靠近。陈磊呼吸的热气冲着谢辰的脸上喷过来，她深呼吸，然后喝光了一大瓶秋林格瓦斯，没酒精，也醉得满脸通红。可惜东北太冷，冻得人看不出一个女孩的脸红。

零下二十度的哈尔滨，地上的雪总是不融化，像干干的粉末，像攒了世上所有的盐，腌制所有不高兴的心。

林海洋不高兴，心被腌制过一样。

“西安大把的学校，来这么冷的地方，你这个脑残。”

“没人要你喜欢我，还一直跟着。你更傻叉。”

“傻叉我乐意。”

“脑残我愿意”

没法阻止林海洋第一第二第三志愿都填了一个学校。

“我要是上了第一志愿去武汉，你就自己在这吹冷风看冰雕吧。”

“退学再考呗，哪个学校我考不上。”学霸林海洋人生中没有低分这个词。

“你个傻叉。”

“你个脑残。”

谢辰跟林海洋分吃一盘锅包肉，脑残和傻叉决定大冬天一起排队去中央大街吃冰棍。越吃心越凉，能止痛。

大街上漂亮的外国妹子在跳跃拍照，谢辰建议林海洋：“你要不找个毛子妹妹呀，腿长胸大，太好看了，我看了都动心呢。”

“不，我就爱你这种。”

“什么意思，你说我不大不长不好看？”谢辰一巴掌抽过去，林海洋抓住她的手，再往自己脸上凑。

“呸。”经过索菲亚教堂的时候，林海洋进去了，谢辰没进去。俄国人只用红砖就盖了这么漂亮的建筑，可是漂亮的东西除了保存参观，还有什么用？

她一边喂鸽子一边思考，上帝真是个天才，还发明了爱情这个东西，令人类一念天堂一念地狱。

你想谈情说爱的人，没有跟你谈情说爱。

至于林海洋，他想谈情说爱的人，只想跟别人谈情说爱。

这叫什么事呢？脑残和傻叉天作之合，笨蛋跟蠢货同病相怜。人间景物再美好，也是煎熬身心的地狱。她觉得胸口有点痛，但哭不出来。

为什么要哭？她坐了那么远的火车，用上了青春里最大的勇敢无畏，到了他身边，必须走下去。

谢辰拿出手机，让陈磊的照片占据了整个屏幕。

对着冬日耀眼洁白的阳光，谢辰轻轻地问手机："你喜欢我吗？你知道我喜欢你吗？"

3

谢辰跟林海洋一起回学校的时候，林海洋说等一等，买了一大份汤粉拎了一路。宿舍里的同学都不在，应付期末考试去图书馆用功。站在女生宿舍的窗户前，谢辰吃一口热汤，眺望林海洋哼着歌走开。林海洋就像10岁时候，帮自己代笔了功课那样开心。

在中学时代，怎么玩都学习第一的林海洋，肩负厚望。快六十岁的老校长觉得自己最后的职业生涯里，一定会因为林海洋而荣耀。没想到二十年一遇的清华北大苗子，后来神不知鬼不觉毁在谢辰手里。

感动吗？感动。自私吗？自私。谢辰发现人心太奇怪了，暖男不值钱，冰男才诱人。

她喜欢的陈老师，一直没听说有女朋友。平时聚会，小男生们起哄，陈老师喜欢什么样的女孩？是咱们本地人高马大的，还是南方小巧玲珑的？

陈老师就说，最好咱们东北的身材，南方的性格。一群年轻的孩子纷纷大笑。谢辰放下奶茶，把亲手织好的围巾，非常细致地包裹好，再去学校服务中心发一件快递。卡片落款名字，留言直白倾诉，心意全盘托出，就等待对方裁决。

此时此刻，谢辰接了个电话。“辰辰，吃得好不好，穿了羽绒服了没？你个死丫头跑那么远搞什么，想死妈妈了。”

“爸爸过两天就来看你，你妈妈天天念，有时候还哭了。”

“你们别来了，这两天还要降温，反正就快放寒假了。”

“什么时候放假，我和你妈去接你吧！”

“不用麻烦了，你们等我回家。”

跟爹妈对话了几分钟，挂了电话谢辰就在宿舍哭了。她从来没有如此想念过他们，自己无限依赖的爹妈，居然也如此脆弱。

小孩子要长大，先从告别开始，辜负爸妈天经地义。她不去温暖的南方，不念西安，不去武汉，不上北京，直奔哈尔滨。用了老得不能再老的老伎俩，高考做错几道题。

如果成功，她会留在哈尔滨。如果不成功，她还得呆四年，勇气花光了，没法再去考试重来。

这是一个巨大的冒险。

林海洋真的没必要这样被牺牲。

4

高中时，谢辰问：“林海洋，你到底为什么这么喜欢我？我快被你烦恼死了。”

“我也不知道，也许以后你会懂。”林海洋像个先知。先知道什么叫情不知所起一往而深的人，的确就是先知。

大学，谢辰跟林海洋说，“林海洋，你现在退学还来得及。你应该去念清华北大，最起码，你还可以去读个武大，在樱花暖洋洋盛开的时候满学校泡妹子。”

可是她有点害怕。

怕林海洋真的就幡然悔悟，放下自己，重新开始。

哪有什么勇敢无畏，只不过是把最亲的人抛在了脑后。只有一个林海洋不离不弃，死缠烂打。

林海洋说：“我等你。”

谢辰忽然想起来，小时候去公园玩，掉了个帽子，路上才想起来。后来她嫌远，也没回去找，心里懊恼。小女孩就发誓，面对心爱的东西，千万别让自己后悔。

林海洋不是帽子，是备胎。她从来没喜欢过他，她知道林海洋一定选她选的大学。为了爱情变得罪恶，谢辰也想不到自己会变成这样。

她人生中第一次最重要的冒险，有人作陪，她并不孤独。如果世界上有另外一个自己，另外一种比爱情更加深沉的爱，她愿意完全献给林海洋，完成一生中最平凡的爱。

但现在不行。

5

三天后收到陈磊老师的回复时，谢辰出门了。

沿着长长的冰河，谢辰看见一个渺小的黑色影子在挪动。遥遥似乎对望到了彼此。她满心欢喜，顾不上觉得那影子很眼熟。

他们打车去了松花江畔的老店子，吃了一顿鲜美的饺子。

在冰冻的河面上，一个晨练的老头跟自己家的狗子玩耍。老头踩到了河面冰块薄弱的位置，脚卡住了。

林海洋就在现场，还去救老头。老头的狗也去拉扯，林海洋不小心就半个身体陷进去。

6

后来他们全被救了，但是林海洋寒水里浸过，患上严重肺炎，险些丢掉小命。打吊瓶打了15天。虽然博得表扬，但气急败坏的家长千里之外赶来，把孩子接走了。

家长又不是白痴，多多少少旁观者清，明白一点。

为什么舍身救人?林海洋对来采访的新闻记者说，这是每个当代大学生都应该做的。

这个答案很标准，但林海洋把真相埋下，不打算重见天日。

绝望的人，当时不觉得自己还有什么重要的。他沿着冻住的河流慢慢走着，抬头看见老人和黑狗遇上麻烦，林海洋奋不顾身伸出手。

因为救人而默默消失，不失为一个很好的安排，对全世界都有了合理交代。

依稀雪下大，林海洋一家人已经被的士接走了，坐飞机回陕西。

谢辰忍住不去看望林海洋，当他走人了，她一口气狂奔一千多米，趁夜去了林海洋所在的男生宿舍楼下。

“干吗？”同学问。

“也没什么重要的事，就是看看他有没有落下什么东西，我回头给他带回去。”

“你才来啊！我们都知道林海洋喜欢你，这家伙真是没救了。你心也太狠了吧！他那天就是去追你，才遇到这事。”同宿舍男生这样怪罪。

谢辰无言以对。她的告白，被陈老师拒绝在饺子馆了，因为陈老师已经离婚了，孩子归妻子，中国人不喜欢提到自己离婚过。至于跟学生谈恋爱，更加不可能，他还没傻到丢工作。这些事，只好单独见面说清楚。谢辰已经做好了心理准备。她只想跟喜欢的人正式约会一次，顺便被林海洋目睹，让他彻底死心滚蛋。

可她没想到会发生意外。谢天谢地，没造成大错。

林海洋一个宿舍的男生拿出一段拍摄的短片，呈现在她眼前。

一群男生一边在喝酒，一边在玩真心话大冒险。

“林海洋，告诉你爱的人，你多真多深刻。”

“不。她好，我就好。”林海洋躺在病床上，笑着摇头。

“林海洋，真爷们。”舍友们啧啧赞叹。

林海洋眼里有光，像幼小的动物，撞见自己庞大黯然的灵魂。豁出去了，哪怕倾其所有，还是一无所有。

谢辰哭了。

雪在头顶飘落，谢辰穿过红旗大街，边走边给林海洋发微信，发QQ，发短信，发私信，“要走一起走，我们南方见。”

7

从哈尔滨到西安，四川航空的飞机餐居然还提供辣酱。

前排的父母还在指责学校抱怨自己，当初就该决定儿子的大学志愿，不能由着林海洋。

林海洋静静地看着外面，地上灯火渐渐缩小，自己怎么会为了一个女孩那么折腾？眨眼九年了。

可是折腾以后，得救了。

掉到冰水中时，大脑清醒得无比哀伤，宛如洗礼，脱胎换骨。他本想就此沉下，挺想去死一死。但他又觉得，这样子，谢辰会觉得都是她害他的？

林海洋挣扎起来，一手抓住老头子，一手抓住了狗腿，胜利上岸。

这九年有意义吗？林海洋笑了，他很佩服谢辰。向所爱的女孩，借一点勇敢。

先有你的一路不停，才有我的走到最后，虽然我们两个人，结局不一样。

完完整整去追过自己喜欢的人，虽败犹荣，不会后悔。下一次他要把心交给一个会去接的女孩。登机前，他丢了自己一直用的旧手机。

愿无岁月可回头

在你还是少年的时候，有没有突然盯着头顶的月亮，看上老半天？这个常常看见的寻常事物，某一天大不一样，照在你的心上。无所遁形，一片雪白。

1

林深在电影院打工的时候，倒了胃口。再好的片子，一看再看也没了意兴。入场散场，迎来送往，她只看观众的队形，就知道今天最受欢迎的是什么电影。搞笑片成群结队，爱情片成双成对，大众热门片人山人海，儿童片哭闹难免，冷门票房毒药寥寥数人。

那天晚场，画面上群峰山间云雾缥缈，故事主角连人都不是，而是一只猪。

林深看第一遍的时候，想起来很多事情。那是她在电视台当实习生的时候，跟着一群人组织的采风活动，进了山。在山上露营的时候所有人叫她小林酱。只有一个女孩子，男孩们重视她如一座珍稀的宝藏。电影里的主角，那个叫麦兜的猪，也在武当山。

林深第一次到武当山，跟六七个男生，还有三五个长者一起。这是一堆摄影狂魔，林深是他们的义务模特。

眨眼，这次旅行已经过去了好一段时间。眼下，她在电影院干活。有个男孩坐在第四排哭。

大男生一个，哭成这样，林深有点瞧不上。而且她要收工下班回家，得把男孩尽快请出去。

男孩说他跟女朋友说好了去金顶许愿，还没一起去旅行，就分手了。他们本来准备结婚的，存钱快买房子了，男孩说人心真是被猫吃了，说变就变。

女朋友跟别人跑了不说，还取走卡里一半的钱，说要帮助艺术。他实在搞不懂。

林深掏出口袋里的手帕纸给男孩，让他自己擦脸，眼睛却看着麦兜亮出仙鹤展翅。哦，也许是白虎掏心，林深记不大清楚。

男孩哭好了，平静了，跟林深道谢，要请她吃夜宵。

下班已经凌晨一点，半个武昌黑灯瞎火，淡淡的雾气覆盖了夜空，让人有一些说不出的忧愁。

隐约有个收工回家的路人，开了手机音乐的外放，放着年度神曲。

这附近哪有什么夜宵，林深拒绝了他。对陌生男孩还是要警惕一些，谁知道他是不是一个狡猾高明的骗子？

2

于陆的襄阳豆腐面说服了林深的心。

想不到爱哭的男孩做得一手好面，拉开店子的卷门，专门为她开火。在林深拿筷子卷起面条时，他把小半生如数家珍交代给林深。

17岁没考上大学的少年人，平时成绩凑合，偏偏就是考不上。在家混了一年学技术，不过耐不住无聊乏味，觉得烦了。

19岁的时候，老乡介绍只身到武汉一家工厂操作机床。这份工作相当清闲，操作大设备只需要盯着机器，按一些按钮。一切流程都写在牌子上，固定在操作室里。

厂里很需要读过书，但是还没读到大学的年轻人，这样就可以用适当的成本招聘来。福利还行，包吃包住。但是在郊区的工厂里，没有娱乐，白天还好，夜晚更加寂寞。巨大的孤独感让人觉得心中空荡荡的。

有一天，一个工友狂奔出操作室，大声呼救。留在现场的于陆凑近去看，被工友切断的手指吓到了。那个血淋淋的断指还带着温度，似乎暗示着，这里的一切，都不值得留恋，快走吧，越快越好。

跳槽去西餐厅。洗干净脸穿上制服以后，领班赞了一句人模狗样的。20岁认识了来吃海鲜炒饭的女孩小岛。

念大学的小岛跟别的女孩不同，一头的辫子，裙子像泼了颜料，奇奇怪怪，又有点好看。小岛说，待会外面的公园门口见。

这像一句咒语，中了咒的于陆情不自禁去了公园。

他们彼此爱上，快如闪电。

小岛说你去开家面店吧，我喜欢吃面。于陆就把这几年存下的钱交给大学附近的商场，在背面冷门铺子开了个五平方米的面店。

一个人心里有爱，有跟爱的人厮守一生的梦想，足以照耀平凡之路。他做的面只有四个字，客似云来。

附近的学生绕路也要吃他的豆腐面。大婶牵着娃吃了再打包一份给家里的老人。

牛肉、香菜、辣汤、炒黄豆、海带丝，都是寻常的浇头，但是多出一味豆腐。就变成了风味特别的面条。

林深吃得满头大汗，忽然觉得自己做了一件很对的事。没有把这个男孩当成骗子，而是相信了他一回。

22岁在电影院为恋爱而哭的男孩，真挚如珍宝。

豆腐面吃到第十三次，林深问于陆，还想小岛吗？

爱情简单到最朴素的时侯，我不讨厌你，我跟你一起吃东西很开心，就能试着在一起。

虽然在一起，却又忍不住抽查。毕竟林深是个年纪轻轻的姑娘，哪怕她念着硕士，家人早早谋划，毕业了就会有份不错的工作。哪怕她有过一次理所当然失败的恋爱。

穿着维尼熊围裙的于陆用手指揩去林深鼻头的汗，转过身，塞给她一瓶冰豆奶。然后摸摸自己下巴，回答她，谁？谁是小岛？

3

平安夜于陆拉着林深去市内最热闹的步行街，灯光如海洋。

众生喧哗里，时间多到必须浪费的年轻人，脸贴脸背靠背，空气里满是青春味道。

一种歌声传来，林深停下脚步。这歌声，让人心里突然一跳，莫名其妙。

广场中央一头翠蓝长发的女孩抱着吉他，朝于陆大喊，“hey，那边的男孩，你为什么不亲你的姑娘？你爱她，就亲她。”

围观的人起哄：“亲她，亲她，亲她。”

于陆傻了，林深干脆自己踮脚抱住于陆的脖子，恶狠狠亲下去。他们离开这条挤死人不偿命的街，回去路上，心有余悸。

女孩跟她的乐队鬼哭狼嚎唱起来，音响已经最高，天空仿佛爆了一百颗荷尔蒙制造的原子弹。

两天后，于陆守店子，林深自己又去了步行街。

节日过后的黄昏，疲倦清静，翠蓝长发的女孩没唱什么歌，就是不知所云的哼着弹着。

这歌声无形入心，穿云过月，像大雾覆盖了整个城市。那是天赋，与生俱来地打动人。

天敌不需要辨识，动物自有本能。

你是小岛？林深问。

小岛说，没错我是。

小岛抢着说，没事，你放心，他是我第九个男朋友，现在排倒数第五。林深完全哑巴了。

小岛双眼明亮，点了一根细细的烟，微笑着拍一下林深肩膀，妹子，那孩子很老实，他会好好照料你呢。你要快乐点。真的，我没骗你。林深忽然害怕了，一把推开小岛，惊慌逃开。

背后倏忽换了音乐，小岛终于又唱起来，“在很久很久以前，你拥有我，我拥有你。每当夕阳西沉的时候，我总是在这里盼望你。天空中虽然飘着雨，我依然等待你的归期。”林深深深地回望一眼，小岛的眼睛在暗处十分奇异闪耀，似笑非笑。

4

林深明白了，小岛和她是两个世界的人。这种姑娘，她在电影里看过，书里读到过。生活里也旁观过，但她只会敬而远之，永远无交集。

这是放电无界限的一种女孩，就像她唱出的《外面的世界》，精灵鬼魅一般。

那于陆呢？

这个男孩把两个世界都接触了，现在跟自己在一起。

于陆像虫洞，莫名其妙，连接了不同世界。

坐在回学校的公交车上，林深全身烦躁起来。她微信问于陆，你以前打算去武当山许什么愿？

于陆统统都交代，一如既往地老实。

“小时候我身体不好，瘦弱多病。我妈找了个小城的道士，给我取名，中学时还教我打太极拳，后来真的有用。我妈让我长大了自己去还愿，顺便再跟真武大帝求一下，找个好媳妇。”

林深张口就说，“我们一起上山吧，咱们也去拜拜呀。”

于陆说“好”，又补充说，“不过不急，等我多赚钱，明年我要准备大礼敬神。”

有的时候，林深很想问问于陆，你知道吗？

我也有过去。你在乎吗？

看起来，于陆似乎全不在意，甚至根本没想过这个问题。

倒像是耿耿于怀斤斤计较的，只有林深自己。

5

武当山这个地方在十堰，距离孕育了鸭脖子的武汉有四百多公里，年少的麦兜从香港过来要飞很远的路，才能跟着师傅学武功。

于陆的生意蒸蒸日上，换了一家更大的门面，他的人在林深的收拾、熏陶下，也更加整齐干净，散发出由内而外的气质。首付了一套小二居，准备买一辆福特车。

人要成长强大，世界也会让道，豆腐面店老板，也可以脱胎换骨。

于陆拉着林深气喘吁吁爬上金顶，正午的太阳顶头照下来，林深讶异了。

一对仙鹤被热闹包围，闪光的金顶，其实是一座微小版本的宫殿，像年轻时候在北京参观过的太和殿。

于陆虔诚拜下时，林深绕着金顶走了三圈，所有柱子都被刻了祈福的话，以及那些古人的名字。眷侣求长情，家人求平安，爬山一路栏杆的铜索上挂满同心铁锁。

世人的心愿都成真了吗？

林深突然心酸。

于陆主动想带小岛来，而她要求于陆一起来。

这两者，隔着高山长河。

于陆啊于陆，你真的放下小岛了吗？那么灵气四射又野蛮的女孩，我怎么才能确定你对小岛已经完全结束毫无挂念呢！

一个人生命中的至爱，不过是另一个人的小段插曲。半途而废的爱情，会不会永远是于陆心头的一轮明月，衬托得自己黯淡无奇。

有个叫毛姆的外国作家，写过一本书《月亮和六便士》。天上明月，地上的硬币，谁更加刻骨铭心？

不过，林深也记得，这个怪里怪气刻薄无耻的大文学家，还说过一句——“我从来都无法得知，人们是究竟为什么会爱上另一个人，我猜也许我们的心上都有一个缺口，它是个空洞，呼呼的往灵魂里灌着刺骨的寒风，所以我们急切的需要一个正好形状的心来填上它。”

我们在一个人那里缺失的，是不是会在另外一个人那填上？

山上的风，吹得人摇摇晃晃。虔诚时刻，瞬间所有人都安静。

于陆要林深也许个愿。

林深说，“已经许了，你别问。”

6

在他们下山之后，又过了半年。

拿到了硕士学位，也没有多久时间，林深来不及郑重解决自己脑袋里患得患失的大事，就吐了。

一天之内她吐了三次，她意识到不妙。黄昏时刻打电话给于陆，答案呼之欲出，像是白瓷盘子里的樱桃，鲜明艳丽。

呵，绿叶成树荫，枝头结满子了，贾宝玉在《红楼梦》里感叹过。

于陆高兴得跳起来，打电话给他的爸妈。

小时候，一切都很缓慢。但命运在人长大后，发展飞快，真让人不知所措。

林深脑袋放空，摸着自己的肚子，坐在椅子上。

屁股下面，于陆还塞了一张柔软的布垫。何至于要这么小心？可是，他真的太紧张。

从前爱过的男孩，没有对林深这么紧张过。

当年的武当山下，大家找了一个小饭馆。满桌子的菜，让她吃了一辈子最多的鱼。丹江口水库有全中国最好的水，餐桌上的鱼好吃的不像话，细嫩鲜美，融化在口中。这让她在后来吃鱼的时候，偶尔会想起，黄晓现在在干什么？

南方的好水会被送到北方去，黄晓一辈子没有想过离开过北方定居。他只是从东北向北挪移一点，哈尔滨的大学毕业了去北京。以大城市为根本，然后走遍各地。

这中间，黄晓找了个暑假，在武汉实习。其实只不过是为了完成旅行地图上的一个目标。

就这样，他遇到了林深。

就这样，假期结束，一切结束。无疾而终。

一阵风吹来的人，又一列车带走。

那是个天天谈论文学和“在路上”的男孩。读书多，像一间仓库。随便就能拿出一些话，一些句子，让林深发呆。

林深每个星期都要看电影的习惯，就是被黄晓调教出来的。曾经觉得很吸引人。人走了，习惯还在。

现在只觉得文青真恶心。

从此林深讨厌所有这样的人。

小岛也是这样的人，只不过性别为女。他们身上心上，似乎明月永远朗照，清冽不改纯真，哪怕流落街头借宿破旧老街区，有钱没钱，都散漫任性，危险又迷惑人。

7

结果闹了乌龙，只是闹肚子。医生开药挂水，很快就好了。不过，于陆却还是带她见家长，安排婚纱宴席。

当爹的心，被激发了，他忽然觉得，这就是向往的理想生活。

少年时代的种种经历，他是真的想不起来了。

男人不像女孩，纤毫毕现记得牢靠。他们的进化程度决定了，向前看，结婚生子，享受幸福。

十个月后，于陆陪着林深看医生。

医生说，没事。很多婴儿出生时，脖子后面、眼皮或者鼻尖上都有一片不规则的红色区域。心急如焚的家长会以为是了不得的毛病，其实只是一些毛细血管群，通常会在1岁半左右时自行消失，不需要管它。

在西方有鹳鸟送子的传说，认为小孩由鹳鸟叼来送到父母怀里，所以人称这些红印为鹳咬伤。

鹳咬伤，一个从来没有想过会遇到的词。

医生表情淡定，很像一个人。

林深刹那心平气和。她很快乐，想起小岛。几天前，那女孩又巡回演唱到了本市。很多人喜欢小岛和她自己写的歌。

爱情不分笨拙与天才。诋毁天才，也补不到自己的人生。

不过你们天才的人生，又关我们笨人屁事？

林深也去听小岛的售票小型演唱会，在一群更加年轻更加青春的面孔里，她安静地听。小岛似乎看见又似乎压根没看见。

8

台上的小岛叹息一声，“前几年我还觉得自己嫩着呢，今天就听见门口几个蛋蛋后夸奖我这个九零年老妹唱歌真棒。哼。我唱得好我不知道？靠。安静点，我唱了。”

“愿天下的有情人都成眷属，不是他妈的什么兄弟姐妹。愿不爱的人赶快分开，过去未来谁又是谁。一切都好，世界很美。”

“对了，这首是黄先生特别定制给他老婆的，我只收了两千块。前男友，友情价。你们喜欢吗？”

现场大笑，嚷嚷喜欢。林深痛痛快快哭了。

她没有打败自己心中的假想敌，因为于陆遥遥穿过来，递过一包纸巾。她曾经给他的，他没用完，收起来。

于陆说，听完咱们赶紧回家，太晚保姆该不高兴了。人家也等着下班回家呢。

没错，咱们。

假想敌本来就不存在。鹳鸟也没有咬伤婴孩，生命自有启示。也许小岛昔日是于陆的明月，但他作别那个世界，也不再去追回，就已经宣告闭幕。陷入黑洞，全部消灭。

旧的结束，新世界开启。

也许由始至终，是自己念念不忘，所以才把怀疑放在了于陆身上吧！这是一种转嫁。无所谓恶心，无所谓危险，那些一直长不大的孩子，在文艺里永远青年。而顺利过渡为成年人的，是另外一批人，已经不满足那些天真的本我。

林深突然想明白了。岁月这东西，直奔苍老，根本就回不了首。谁有深情在胸口，就与谁共白头。

下一个转角有美景

1

那个夜晚有雪，泉津艰难地走了很久，才接近自己家所在的位置。那天全城毫无悬念的大堵车，她根本没有试图去挤车。走过了一站又一站，走到渐渐僻静无人的人行道，雪积累的很厚实。

泉津有一个念头，她很想就这么“仆街”，倒在雪地上，就让雪冻结自己，让自己的所有感觉凝固住，不再觉察疼痛。

这个念头很犯傻。

但泉津真的就轰然扑倒了，就那么笔直地倒下，积雪发出沉闷的哼叫，刺骨的冷冲击着皮肤，泉津的眼泪终于温热地流出来。她就那么趴着，一动不动。

好冷，真的好冷。

当我死掉了，井泽他会来参加我的葬礼吗？泉津的眼泪源源不绝。

爱，是一件让人痛苦又无比渴求的事情。

这是个相恋飞快，失恋也飞快的时代。

爱使人快乐，使人喜悦，使人进化，爱也使人退化，使人崩坏，使人失控，使人如坠深渊，使人无所适从。

2

井泽骂泉津脑残的次数，泉津都记在心里。

有首老歌唱道：“一二三四五六七，你的朋友在哪里”。

一二三四五六七，你的脑残在这里。关于脑残的诸多事件，通常都是一些没什么意义的琐事。噢，按照如今的说法，应该是没神马意义。神马也是四千八百种脑残词汇之一。

那次他们在吃饭，吃了黄桃再吃芝士蛋糕，喝了咖啡再喝玉米浓汤，一份猪扒两个人吃，他们表现得很亲密，很热络。然后井泽就说，“我要去拉屎。”

泉津喉咙噎住了一粒龙眼，差一点连核吞下，费力吐掉果核。泉津有点郁闷。有些人总能够肆无忌惮在吃饭的时候说去拉屎。

要拉你就去拉啊，为什么不直接就去少啰唆，实在要说，为什么不说去洗手间？为什么不假装高档来一句英文Excuse me?

男友就生气了，也有点炸裂，“装啥高大上？那你咋不上天呢！”

泉津被败坏的胃口酝酿着糟糕的情绪，她想等他解决完他的轮回之事后，跟他好好说说他的行径多可恶。在等待他返回餐桌的时候，隔壁的两个大叔一个少年正在点餐。

一个大叔说有什么吃的。

女服务生淡定地回答有自助沙拉有果汁有水果有意大利面条还有牛扒和咖啡。大叔说，要咖啡。女服务生继续淡淡地问，请问要清咖还是花式？大叔说，要现磨的。

女服务生的眼神就露出了一丝笑意，但她的笑意很含蓄，含蓄得让人觉得她心里一定在回荡着一个词。

大叔就尴尬地说嗫嚅地说现磨的就好。

女服务生诚恳地开始解释清咖就是什么都不加，花式加奶油加别的，比如卡布奇诺。

卡布奇诺，卡布奇诺，大叔如释重负如蒙大赦。

大叔人生中一定是第一次喝这么纠结的咖啡。有知的人就爱嘲讽无知的人脑残，但至少女服务生还算温柔。

井泽回来的时候，泉津想了想决定把话题用一个婉转的方式拉回来。她说，“好了，你现在清空了，可以多吃一点了。”

“程泉津，你学过中学生物吧？”

“学过……”

清空的是肠子啊，吃东西先要进胃，消化了才到肠子，你的胃是肠子吗？文科生啊，真是……他说到这里就点到为止了，大概想到他已经重复使用了太多次那个词。

真的，我就是个脑残，人生何处不脑残！泉津痛苦地想，为什么会喜欢上这么一个毒舌贱嘴男？然而爱无道理，也无公平。

这顿饭吃得很精彩，精彩纷呈到泉津沉默了好几天。

3

然而，然而可恨之人必有可爱之处，就像可爱之人必有可恨之处。

当时泉津跟着一群人去乘坐公车，汇集在各种学生当中，泉津一副去旅行的样子背了双肩包，但其实她只是潜意识不当自己已经大学毕业了，潜意识希望自己还是个学生。

她的双肩包的其中一条肩带滑落了，站在她右手边数过来第四个男孩嘀咕了一句，嘿，搞得跟bra掉线了似的。

“你这个人怎么这么猥亵啊！”泉津不能不生气，她绕过三个人，靠近那个男生说。

“那怎么办？你要我赔礼道歉吗？”男生反问。

“没错。”

“好，对不起。请我吃饭吧！”男生不以为然地说。

“你跟我说对不起，为什么要我请你吃饭？”泉津瞪大眼睛，因为她知道她的眼睛其实很小，瞪大点才好看。

“因为你请客，我买单。”男生说。

他们就去吃饭了，但他们吃得其实不是饭，更不是寂寞，他们吃的是皮蛋瘦肉粥。

男生用他的勺子挑一下，泉津用她的勺子挑一下，各自吃各自的。小店里充满了各种食物的香味，充满了热闹的聊天，没多久，男生把他的勺子伸过来，喂到泉津嘴巴边，她哑然了一下，笑了，张口吃下这一勺子，细细分辨出这一勺里有皮蛋有瘦肉还有粥，完美无瑕的一勺粥。

他们就这样勾搭上了，在公交车站那相遇过几次，某个暮色夕阳很美丽的下午，男生突然挑衅，泉津回嘴，他道歉，然后就水到渠成了。

如果不是喜欢一个人，也不会去数他站在自己身边第几个位置。所以，泉津其实动心了很久。泉津还知道，自己就是那种一见钟情，泥足深陷的人。一旦喜欢一个男孩，自我就好像丢到地下十八层，不再存在似的。

看见那男孩的第一眼，她就知道自己完了。

就像上一个十年，她唯一喜欢过的另一个男孩。用了十年23岁的泉津才忘掉他。

吃下那一勺粥的时候，泉津想起了网上流行过的梨花体。创造梨花体的那位大姐说，我做的烙饼是全世界最好吃的。

那一刻泉津在心里也模仿了梨花体，她想说，你喂的这口粥是全世界最好吃的。

但是她没说，只是默默地笑了，然后以其人之道还其人之身。

喂泉津吃粥的井泽是全世界最可爱的男孩。

最可爱的人渐渐变成最可恨的人，喂她吃粥的人也骂她脑残。

就算被骂的这么悲惨，泉津还是无时无刻想着，只要在他身边就好。爱情容易让人变得低微，比尘埃更甚。

这当中时间只不过是过去了一个半月。

4

后来泉津不断想起井泽那张有点郁闷的脸。

他爱电子产品，她爱看电影，他爱掌机游戏，她爱逛街买衣服买小东西。

泉津不得不这么想：我们的乐趣我们的爱好差别如此之大，大到要填满我们之间的缝隙，只有靠唯一的共同点了，那就是人都得吃饭，人都爱吃美味好吃的。

于是他们总是在吃饭，把这个城市附近的店子，挑挑拣拣换着光顾。泉津不断编写各种短信，从我想吃A家的椒盐虾，到我想喝B家的海鲜粥，再到我想尝尝C家的飘香鱼，D家的咖喱饭……

一直吃到有一天井泽突然叹了口气，最近朋友都说我胖了。

而泉津抬头看一看，伸手捏捏恋人的脸庞，说不觉得啊！

井泽再次强调了一遍，你看仔细点。

但泉津很不体贴、很不警觉地凝望片刻，坚定不移告诉他，一点也不胖，一点也不。

一个天天照镜子的人，只有当他胖到一定程度时，才会突然在某一天发现，镜子里的自己今非昔比。

当泉津跟井泽一起在大街上走，当他的步子走得很快，泉津落后了很多步，隔了一段距离看井泽的背影时，她发现她错了，井泽的确是胖了不少啊！

真的，他胖了。

一个183高并且略帅的男孩，跟泉津交往后，胖得有点变形了。

他的心情一定跟他的体重一样沉重，这个时候泉津能说什么呢！

泉津只好说，你去健身吧！

好啊！井泽说。

在他说好啊的时候，回过头看着泉津，用一种莫名其妙的目光。

泉津当然，当然没看出来那目光代表着什么。

总是要到搞清楚来龙去脉后，泉津才醒悟过来。

醒悟的时候，她的心开始遭遇不幸。

5

所有的事情都有真相。只不过要在事后，或者隔远一段距离去看。就像井泽回头也发现泉津没以前那么隽秀清瘦了。

这只是真相的一半。另外一半是，在泉津劝说井泽去健身去减肥去变得更好之前，他跟前任吃饭了。

泉津从来没有见过他的前任女友，也没有在任何遗留物里见过那位过去式的模样，比如照片什么的。

泉津以为井泽已经跟过去断得干干净净了。她又错了。

他的前任一直吃得很少，他的前任跟他说他胖了，他的前任要他去好好控制下长肉。

这些内容，是作为短信出现在井泽的手机里的。泉津一错再错，偷看了男友的手机。

泉津涌起一种强烈的渴望，她想见一见他的前任，然后，恶狠狠推一把对方，最好推倒在地，叫她不要反反复复。

当时不是你放弃井泽的吗？

放弃了就不要再回头。

然而，比前任找回来见面更可怕的，是井泽还去跟前任吃饭。

男生真是一种奇妙的生物，贱嘴男生尤其奇妙，见前任见得潇洒又大方。

撩拨妹子的高手，往往也是让妹子伤心的高手。

她的心就这样，死去了八又二分之一。

他为什么要见前任，他为什么要听前任的话？ 为什么？

6

泉津做了第三件错事，那就是真的去会了一会那个前任。

那是一个身材像纤细的竹子，却有一定的胸部的女孩。

这个女孩用似笑非笑的眼睛从头到脚，又从脚到头看了一遍泉津。

泉津没有做到想象中那么彪悍的表演，相反，她惊讶地发现自己说话的声音，居然有些紧张地颤抖。

她很客气地要那女孩别再见井泽了。

那女孩则说，当然不会再见了，你们呀，才是最合适的。

对了，我的奶茶要用真的牛奶，低脂牛奶，不要奶精，不要糖，奶精就是氢化植物油，也是反式脂肪酸，又不健康又发胖。

这女孩学识渊博地说完，泉津已经喝下了大半杯奶茶。

女孩捧着她最健康的奶茶，继续意味深长说了一句，“井泽跟我在一起的时候，我总是很注意盯着他的饮食，多吃蔬菜多运动。”

“不过他跟你在一起，大概很开心吧！男生嘛！都是食肉动物。”

女孩扬长而去，背影瘦削，姗姗动人。

一瞬间，泉津明白了井泽的心情。那种沮丧和挫败。

不正常分手的情侣都很想看看，对方离开了自己变成什么样。

当她想发短信给井泽时，发现她想不到更好的理由了。

还有什么可以充当约会时刻的共同交汇点？

其他事物，她总是扮演着让井泽觉得她脑残的角色。

谁也不愿意总被羞辱，即便羞辱你的是最爱的人。

泉津茫然地一个人走啊走，她忍不住深深地叹了口气。

他跟她在一起，没有向着更好的方向进化，而是相互变得糟糕了。井泽已经意识到这一点了，泉津缓一步才意识到。

然后，井泽开始对泉津避而不见了。泉津很不安。

7

气候越来越冷，泉津很努力地节食，很努力地克制自己，不要去让井泽觉得烦。最好能够静静地等待，等待他主动来找自己。

但很可怕的是，作为一个女生，她发现自己胖起来容易，瘦下来很难，万般艰辛，才减了一点点。缺乏热量的饮食，让人的心也越来越容易觉得冷。

更可怕的是，井泽说他很忙，有空电话短信已经不错了。

只是雪一场又一场地下，节日到来，那些不安分的年轻人都把圣诞节当情人节一样过。

泉津总算见到了井泽。这个时候的井泽，围着一方黑白花纹格子巾，他又瘦了。瘦下来的井泽变得很有型，很气质。他们似乎回到了最初相遇相处的样子。

但是，说点什么好呢？泉津没有想好说什么。

井泽先说了，我会陪你过完这个圣诞节的。

这是什么意思？

什么意思呢？

泉津愣了半晌，她转身就走。其实她最先的步子走得很快，之后就刻意慢下来，越来越慢，但她回头去，原地空荡荡了。当她跑回原地，气喘吁吁，寒风不限量地灌进肺部，她剧烈咳嗽起来。

泉津很想哭，但是眼泪却仿佛太过久违，不知去向。呆呆站立了许久，她慢慢往回走，雪继续下着，四面八方的庆贺，夹杂着烟花的空气，头顶有彩色光芒不断闪耀，她就这么失恋了。

快要走到家的时候，她扑倒在雪里，就像这个故事的开头那样。

她无法忍受，再用下一个十年来淡忘一个人，真的很痛苦，很艰难。然而，井泽是不会来参加程泉津的“葬礼”的。

雪地之中，发生了另外一件事。

这件事，对于世界来说，微不足道得微不足道。

但对于泉津来说，她人生中如此深刻的一段恋爱因此结束。

8

那件微不足道的小事，在泉津悲伤到无法承受，只想永远睡眠过去不要再清醒感知一切的同时，发生了。

是一种相当微妙的感觉，最初是淡淡的，慢慢的。

渐渐就开始凝聚，开始扩张，开始膨胀。

最后，这种感觉剧烈地传递到大脑，被脑袋里的神经一波一波接受。泉津专注于恋人和爱的心，开始分神。

她无法不分神，那种感觉抵达高峰，忍无可忍。

泉津豁地从雪地上爬起来，没顾及拍打身上的雪，也顾及不了周身又冷又痛。她开始继续向前走，越走越快，进了自己所住的公寓大楼，飞快按下电梯，急切瞪着指示灯的数字。

电梯门打开，泉津冲进去，按下自己的楼层，掏出自己的钥匙。楼层一到，她就握着钥匙转弯再转弯，开门，扑向那间最普通的洗手间。

悲伤的极致一刻，她尿急了。

泉津又哭又笑了。

然而这像是一种平凡的神启，她似乎忘却了自身，丢掉了自我，来沉浸到自己的悲痛中。而自我一直都在，就像没有谁的身体能够忍耐尿急，自身最基本的需求，把泉津拉了回来。

所以她恢复过来，从死掉一部分的失恋中，活了过来。

时间走到下一年的春天，即便“面朝大海春暖花开”那两句诗已经被人们引用到泛滥， 泉津还是去看了看海，顺带散心。

她终于又瘦回恰当的身型，自拍之外，可以把照相机递给别的旅客，尽情请陌生人帮她拍照留影。

据说她爱的男孩跟前女友重修旧好了，据说那男孩给泉津发了婚礼请帖。

泉津都没去理会。她只能对全心全意爱自己的人，回报以全心全意。所以，她虽然退后了一大步，但又费力进化了一大步。包括泉津自己也不会想到，领悟于尿急。

吹了一个黄昏的海风，泉津转过身，提起搁在岩石上的鞋子。

她把球鞋倾倒过来，那些无孔不入的沙子，流淌下来回到了沙滩上。但这沙滩不是几个小时前的沙滩，泉津也不是十几岁时的泉津。

岁月待她不温柔，她要自己对自己温柔。

人生也不过只有七八个十年，她早已用掉小半生，不能再浪费太多给荒芜。

向前走，别回头

这是黄色灯光夹杂油污照射下的湿热街头，巷道永远逼仄。夏天逃跑出房屋的居民拥挤在开阔的地方。

她说我给大家表演的是二胡，《茉莉花》。她抬高鼻子进行呼吸，而四周鼓掌拍手的大人们表情漂移交头接耳或者迅速地伸手去抓瓜子花生橘子苹果。

她停顿一下，运气，引弓。被裹在《美酒加咖啡》后面的她的演奏，是怪异的点缀，突兀的存在。

她是卢莉丽，16岁的卢莉丽把头抬得更高，这样她看见的只有天空边缘上的浮云和黄昏光线。

世界是分裂的。1999年的K镇，和倒推10年前的样子，区别不大。除了落后，还是落后。

人在香烟污浊了的空气和果皮屑、汤包粉面汁水一地的环境里，少女卢莉丽却像另有一个巨大的金色演奏厅。

【彼岸此岸，故乡他乡】

兔子喂了没？你听见没？妈妈在大喊。

丢下圆珠笔卢莉丽冲到兔子笼前，十笼兔子可以换来下学期的学费和家里的日常零用开销。兔子算是最爱干净的动物之一，但是动物特有的尿臊气依然会钻进鼻孔搅拌嗅觉神经。

青饲料谷实饼粕按比例。卢莉丽默默而勤恳，手脚麻利。

回到没做完的功课前，卢莉丽有点走神。她眼睛前都是兔子们红通通的眼睛。哭过的眼睛也发红。

当时她听见了掌声。乡民爱热闹。她把眼睛闭到最紧，灵魂外游仿佛到了天外。尽量只去闻自己身上的肥皂清香。

她问过，妈，我想去学拉琴？

学什么？那有什么用，我们家没这个遗传天赋的。过两年，你大姨给你介绍个附近的男孩子，我就放心了。

哦，卢莉丽的回音简单。再不提这个话了。

她拉的是从二伯那儿借的二胡，从小听到大的一把二胡。

她跟着学了一些。那把老旧二胡，掉漆，还散发着一股陈年霉味。通俗而民间的乐器。她唯一的表演，是在小镇文化活动中心群众自发组织的活动上。所谓的活动中心，就是一个旧房子和门口的空地。

晚上睡觉，一关了灯，缺少繁华的小地方，乖顺安静而贫瘠到无聊的地步。卢莉丽觉得眼前是无边无际的暗。

她爱乐器。

她爱的乐器不是二胡，是晚装的日本女演奏家西崎崇子肩上流淌光泽的小提琴，黑白小电视里，琴弦与人产生共鸣，城市的大剧场里，小提琴手的舞台下面是最优雅的听众。

现实的世界，廉价食物肮脏了地面，烟熏火燎的呼吸，触目所见，都如眼中沙。卢莉丽的眼睛一直痛一直痛。彼岸此岸，天堂与地狱。故乡他乡，烂杏与鲜桃。

如果不出意外考不上大学就可以学一门手艺去打工，最好是做衣服。然后到南方众多的新兴工业区找到某个工厂的招聘工头，包吃包住，昼夜埋头，每个月可以赚到一千八。一半寄家里，一半给自己存嫁妆。嫁个老家的男孩子。家里就这么打算的。

事实上，她功课很烂，她也没有任何信心逆转。

就是这样的人生。

【没良心的东西】

2001年的时候，卢莉丽在网吧上网。爸爸委托她考上大学的同学要她回家。但她不回。妈妈说她担心地要死，说这孩子怎么就死心眼了。一家人都正常得很，怎么就她不老实做人。

宁吃鲜桃一口，不要烂杏一筐。

卢莉丽想要的人生，不是他们给的。

2001年的秋天卢莉丽在S城做服务员。大城市的餐厅也会搭一个串场歌手或者伴奏。她看见表演者专注拉着一首《小夜曲》。

2000年的卢莉丽，小步而谨慎地在某个全家人都去亲戚家的日子，中途回家。她找到母亲平时常放钱的角落，拿到了未来2个月的开销钱。她有一张计划许久的地图。

一个人离开了狭小的镇子。

找到第一份工作的时候，已经饿了一个星期的肚子。

很想回家，但是她没有回去。

餐厅演奏跑场一晚上是150元。

最不济，也强过老家的生活水平。但是，这些人也算不上真正的音乐家。吃东西的人根本无心管背景音乐。

18岁的卢莉丽买了一把真正的小提琴。

存了一年半的钱，达成了目标。

这时小镇父母口信已经变成了，没良心的东西，你是死是活，我们不管了。当已经有些粗糙的手指按在琴弦上，卢莉丽浑身颤抖，哭了。

【柔嫩喉咙咽下的鱼刺】

19岁的卢莉丽要疯了。因为她被音乐老师否定说，你确实不适合学这个，没什么天分。

中国太大了。

成千上万的人在学同一样东西。

念着音乐学院的科班生出来都可能跑几十年的餐厅。而来自偏远不发达地区的小镇的卢莉丽泯然在众人中间，几乎没有什么悬念。

老师下判断的时候，皱着眉头。

卢莉丽问，可不可以再听我拉一段？

老师说，你还是请回吧！

回去的路上，卢莉丽走得很慢。

那年离家出走她走得很快，脚步凌乱，气喘，上了火车还在惊疑：真的离开了那个尘埃飞舞的小镇吗？

真的离开了。

晚上她做梦，梦见满地荆棘，走得鲜血淋漓。可是她赤裸脚板找不到鞋子。

她把头仰高，鼻子抬起来呼吸空气稀薄的洁净与自己身上认真洗澡的肥皂清香。但是，走了很远很远的路，经过一些年后，低下头来看看自己，她觉得自己要疯了。

命运是光脚步行踩上的荆棘，是柔嫩喉咙咽下的鱼刺。

上帝啊，你为什么对我这么残忍。

没有了可以凭借的信念，她是丢失一切勇气的躯壳。

【2008年夏天，她回去了】

22岁的卢莉丽听到了很多消息。姐姐生了第二个小孩，是个女生，长得很像小时候的卢莉丽。爸爸一直不再提她，像是没这个女儿。妈妈偷偷让人带钱给她，但钱赶不上卢莉丽辗转漂泊的速度。小镇发展起来了，因为打工的年轻人赚到钱了，甚至开了一家安装了大玻璃墙壁的婚纱店。

父母总归是父母，希望她回来。

她说明年一定回。

24岁的卢莉丽在自己的店子里，喝了一杯咖啡，走神许久。

她现在是一家小饮品店的老板娘。她打扮得很细致，不开口说话，谁也判断不出她的源头。除了些微的方言口音。说不上幸福，也说不上不幸福。

被判决为平庸后，一个男人问，小姑娘长得不错，晚上有没有约会。她回答没有。男人带走了理想破灭后继续当小服务员的她。

后来她离开了大他十几岁的男人。再后来她有了自己的小店。所得是不是值得？至少她终于可以喘口气，镇定下来喝口咖啡。

24岁在城市里，还可以赶个恋爱晚班车。在她的老家女孩子已经是3、4岁孩子的母亲了。2008年夏天，她回去了。

他们并没有不认她，母亲抱着她哭，然后娘儿俩彻夜说话。父亲还是话少，说她该找个本分男人结婚好好过日子。姐姐让孩子喊她小姨，说过些天给她物色个好点的对象。

她点头，微笑着，亲人面前，恢复成羞涩的小女孩子。

【卢莉丽，你别回头】

她离开多年的故乡建起许多楼房，恍若隔世。

简陋的文化活动中心已经不存在。一个综合文化楼前，有一个像样的表演舞台。她站立的姿势，带着藏不住的小骄傲。

黄昏的时刻人越聚越多。她问路过的小孩子，有活动吗？

小孩子回答，今天有大城市来的表演队。劈啪的鞭炮炸完几串，迎接来此地演出的表演团。音响里播放出的，是与城市同步流行的音乐。掌声不休，快乐洋溢。

她站在一个方位，看表演，相声小品和唱歌。

站到很晚了。热闹散尽，场地再没有他人了。她虚抬起手，做出拉琴的手势。

起手，就卡壳了。

是怎么拉的？再也想不起来了。

她和其他外出打工的年轻男孩子女孩子，曾经是截然不同的。自以为是的，不切实际的，虚无缥缈的她最终成为命运的臣服者。与其他人，走向类似的平庸人生路。

那年不满16岁的卢莉丽。其实用的是姐姐的老式身份证。

她叫卢莉花，现在改名为卢若莉。

离家出走的那个卢莉丽，如果知道殊途同归的命运，还会奔向另外一个幻想的金色世界？还会酝酿计划，偷拿了家里的钱？使劲奔跑，颠簸一路到了县城火车站？上了轰隆火车，陌生人中间胆战心惊，但脑海里回荡着最喜欢的琴音给自己鼓劲？

……

人生空乏，年轻时分裂的内心，会制造一个美丽又遥远的理想。

都不重要了。

24岁的卢若莉，对着空荡荡的舞台，转身，望向无边弥漫的夜幕，说，卢莉丽，你快跑，别回头。

卢莉丽……你一定会梦想成真。

你千万别回头。

七个瞬间

【第一个】

有段时间我把我家最近的那家麦当劳当成书房，因为光线特别明亮，暖气也足，于是常常晚上八九点跑去吃东西，带上几本杂志或者小说什么的。那次进了餐厅，看见一个男生趴在斜对面的座位上画素描，铅笔和背包丢在旁边，拿着铅笔默默地涂擦修改。隔着一条走道，我看不清他究竟画的什么。这男生没什么表情，有时候拿起眼镜戴上，仔仔细细检查画作，又开始修改。

约莫两个多星期，我差不多平均两天就看见他一次。总能看见他，有一次我按捺不住好奇心，经过的时候，瞥了一眼，哦，都是不同漫画里的人物角色。我还认出来，是火影忍者里面的，我猜他大概是隔壁的服装纺织大学的学生。

人的好奇心一旦满足，也就释然。我心想，这孩子啊，就是一个狂热的动漫粉丝吧。最后一次遇到那男孩，是在晚上十点。没过多久，一个女孩走进餐厅，走到他面前，笑着坐下去，没说几句话，那男孩也笑着站起身，跟女孩一起走掉了。后来，我没有再遇到过他们。

当时，我靠在快餐厅的墙壁上，琢磨了半天，灵光一闪的瞬息之间，才明白过来。回想起来，我能觉察画素描的男孩，曾有过多么漫长的烦躁等待，必须不停地画，浪费了许多铅笔许多橡皮许多惆怅，在得到恋人之前，他先得到了恋爱的过程。

【第二个、第三个和第四个】

某天夜里，下大雨，我从附近的超市出来，沿着一条马路往回走，遥遥地看见有人反方向走过来，看人影感觉怪怪的。凑近了一看，原来是一对情侣。那么稚嫩的面孔，一眼就可以分辨出是学生恋人。那女孩趴在男生背上，拎着球鞋，给自己和男生打着雨伞。其实他们大半个身体都打湿了，嘻嘻哈哈不以为冷，不知道在聊着些什么。

去年的某一天，我的一个友人S打电话求救，说是摔伤了胳膊，我问怎么了，严重不。对方回答说，自己还好，很幸运只是轻伤，是跟恋人一起骑摩托出事的，一起摔了。恋人比他还惨，断了腿骨，打石膏住院了，S于是去医院陪护，带食物去。我开玩笑兼鼓励说，你们两个非常有传统美德，患难与共呀！

过了半年，也就是今年春天，我跟沿海城市的小医生F同学聊天，F居然也曾经从摩托车上摔下来过，情况同上，一模一样。我忍不住哈哈大笑。

关于那对雨中的情侣，我还没说完，他们经过我，继续向前时，摔了个狗爬式。稀里哗啦的，然后又爬起来，相互抱怨。我站在原地，饶有兴趣观察他们。那场大雨里的男生，还是再次背起了女孩。

后来找我求助的友人，依然跟恋人在一起，每周去医院探望直到恋人伤愈。沿海城市的那个摔伤额头，缝了十来针的F同学告诉我，如果还能两个人一起骑在摩托车上，还是要去兜风。

我说，你不是医生吗？你不怕死啊！有过一次，还敢冒险啊！F只是简单回答一句，我愿意啊！

隔着电话，我也能看见F同学说他还是要跟恋人去兜风时，眼睛里的亮光，语气里的义无反顾。我真想在他受伤的脑门上，书写四个大字：勇者物语。他的那些年少时，罔顾生死，可怕到令人惊骇的勇气，使我震惊了。尽管后来他们分手了。

透过雨水，我也能想象出，浑身湿漉漉的女孩跟男生，重新凝聚身体的温度。冷下去，再热起来。他们的未来如何，已不是重点。

至于患难与共的那一对，受伤了总会好起来，既然有人陪在身边，已经是莫大的福祉。

《圣经》里说，爱是恒久忍耐，又有恩慈。重要的是，人生如此寂寥，我们无论如何都无法忍受故事里只有一个人，总要找一个人来分担我们的喜悦悲伤，笑和眼泪，痛苦欢乐。

【第五个、第六个】

这个春日，小莫跟他的女友去了海南，拍了很多澄澈泛蓝的大海，色彩鲜艳又斑斓的大虾，还有女友站在岩石上，阳光灿烂下的回眸照。

不知道为什么，我总想起我的上一次旅行，在他那里借宿的时候，他憔悴疲倦的样子。在地铁里，他工作太累，站着差一点睡着了。另外一次，给学生们讲课，晕倒了。赚了钱以后，就是拿来这样挥霍的吗？没错，就是应该这样挥霍。生命中最美好的事情，不过就是努力辛苦地赚钱，然后幸福地在一起花掉那些钱。我可没有鼓励谁浪费，我只是觉得，美好本身就是有价值的事。

还有一个人，之所以出去旅行，是因为失恋了。这个人就是我。我去了一座小小的岛屿上，其实我是第二次去的。榕树巨大的树脉缠绕着古老的栅栏，还有房子。懒洋洋的猫们，仍然懒洋洋，游客还是那么多，小吃依然很美味，风景有了熟悉感，人呢，却不是第一次前往的人了。我逮了一个陌生人，在一个公园的椅子上，居然就聊起来了。

喝酒有时，打架有时，接吻有时，吵架有时，相遇有时，分手有时，毕业有时，失业有时……我们聊了很久很久，直到彼此都无话可说。就那样坐在黑夜里，海风中，星空不变地在头顶，最后只剩下沉默。刻骨铭心有时，遗忘风中也有时。这本来就是世间的基本规律。

良久，我们相视一笑，挥手分开。我们聊尽了过往，你倾诉给我，我倾诉给你，然后重新回到日常生活。走回旅馆的一刻，整个人那么轻，我觉得自己似乎要融化在风中，我不会哭，我只是将随身携带的一些东西，轻轻地放下，留在那岛屿上。

【第七个】

我的中学时代过于遥远，那年那月还没有普及手机，这事说起来挺暴露年纪。那时候男生想要追求女孩，只能写纸条。小纸条等同于现在的短信。当时坐在我后面三排的那男生根本就是一个纸条工厂，以每小时超过20多条的信息量，高密度传递向我前两排的女孩手里。有同学嘀咕抱怨，他是有多喜欢那个女孩啊，这么疯狂。

纸条穿梭太频繁，男女生的这事又不是什么大事，开始我们还有兴趣保持人品，原封不动前后交付，后来嫌烦了，中间人纷纷直接掰开偷看又揉上，我们这些旁观者们偷窥得不亦乐乎。

“中午想吃啥？”“晚自习下了别急着走，一起去操场转转”“帮我写作业啊”“自己写，成绩不好考不上就完了”“野草那么多，蚊子那么大，谁要去操场”“下了晚自习我们去吃炒面吧！”

一览无遗全是废话，后来他们正式交往了，调整座位的时候故意坐到一起了，再也不传纸条了。没有戏码可看了，青春真是寂寞啊！

许多年后，同学小聚会上，喂喂，听说他们大学毕业后结婚了呢，有了小孩子呢，一起过着寻常日子呢！

啊啊啊，结婚了吗？一瞬间，十五年过去了。喧哗热闹海阔天空的同学们，开始追忆那些年，我们传过的纸条了。

青春除了寂寞，还很仓促。到了如今的岁月，我起初喜欢的人早不知去向，也许永不再联系。我中间喜欢的人来来去去，可以扳起手指计算了。我未来寻找的人，也只能继续寻找，摊开白纸，取出圆珠笔。

有生之年，我们懂事，然后动情，开始各自画着一根线条，很多人画到一半就断了，于是再起一头，再换一根线，不幸者乱如掌心的纹路，幸运者抽丝剥茧顺利接下去。四季轮换，一代又一代人重复生命轨迹，这世界上有70多亿人，加起来恐怕有几万亿的忧伤故事。

然而，总有人把那一根线，即便曲曲折折，也从头到尾画了出来。以至于我不得不在无限忧伤中，静静地沉默了许久。

我承认，我被感动了，如同闪电一般的刹那，一击即中。他们的线索，是另外一种存在，那么温柔，坚定不移，维持着天空中、大地上所有事物运行的平衡。

倾听自己内心的声音

这世上，好看的面孔太多，有趣的灵魂太少

说走就走，是青春里最闪亮的时刻

不如靠自己

我们的征途是星辰大海

做自己欢喜的事，做喜欢自己的人

每天勇敢一点点

◎第三章

出发吧，去想去的地方，做喜欢的事情

倾听自己内心的声音

很久以前看过李碧华写的一个女孩子的奋斗故事，很是叫我感叹。这个女孩子很喜欢音乐，在十五六岁时，就开始为了音乐而努力，同时放弃了很多东西。

原本可以拿去买新衣服和新裙子的钱，她用来缴了学声乐的学费。原本可以去爬山游泳的时间，她换成了每天十小时的声乐练习。原本可以去交往的很多朋友，也因为学习的忙碌，而慢慢疏远了。

那么多年，她不断地努力，那么多的清晨和夜晚就那样过去。那么多的付出，那么多的舍弃，一切的最后，只为了能在台上唱好一首只有一分钟，或者两分钟的短歌。要从第一个音，到最后一个音，都是完美而没有瑕疵的，她才能够释怀，才能够站在万人瞩目的台上，优雅鞠躬并且微笑。

她终于成功了，成为著名的歌唱家。她在一家著名的剧院唱了一年，鲜花和掌声多得不可计算。一切都向着她生命的巅峰发展。可是，她却不肯再续约了。

亲人苦苦地追问她，甚至哀求她，要她答应人家的聘约再唱下去，放弃掉了实在是很可惜的一件事。

可是她却说："开始的时候是很兴奋的，可是慢慢地觉得，日复一日，在别人的安排之下，每个月拿着薪水唱着同样的歌时，心里的感觉就不对了，我学音乐的目的原来并不是这样的。"

是啊，我们为之坚持的，在生命里会不断地被附加上另外的东西，直到最初的目的面目全非。

在很多个晚上，我们无法不追问自己，那些曾经想要的，到底在哪里呢？比如那自由而纯粹、精致与绝美的歌声？

比坚持更难的，其实是放弃。尤其在我们已经付出了那么漫长的努力之后。但是，没有什么比我们内心的声音，更加值得服从。

有个外国诗人的一首短诗说得非常好：我生来只为，而且长大只为，在世上做安娜。

这个女孩，做到了在世界上做自己。你我？又是否听见自己内心的声音。

这世上，好看的面孔太多，有趣的灵魂太少

很多年前，一个读者去拜访作家三毛。“我是你的读者，从英国来的，特别来看望你。”结果三毛虽然招待了他，却根本不是书当中的那样浪漫特别。

他有些结巴，感到委屈了，始终后悔自己的多事。这种一霎间涌上来的巨大冲击只因为三毛没有热切地迎接他，三毛原来不是想象中那样，而是表现得比较淡然。这是三毛吗？这是三毛。

他很难过，直到最后，他忽然醒悟：毕竟我是一个贸然闯入她生活中的陌生访客，对于三毛，我又能如何要求她真情流露呢。

怎样成为自己？在世界上，你为了多少无谓的人，浪费了你宝贵的生命？

我有一次去北京，参加一个全国性笔会的颁奖。一个大叔模样的人，滔滔不绝谈着国际时事。

他甚至还谈到，他和一个大领导碰面过，连大领导都很赞同他的某

些学术观点。

我们其他人面面相觑，微笑不语。中午吃饭的时候，一桌人聊天，他还是继续大聊特聊。很明显，他在吹牛。

可我却厌恶这样无聊的饭局。

我吃了一会儿东西，再也坐不下去，又不好意思打断他。这个时候，我想起看过的一个心理学家的书。

那个心理学家说，想做自己的人，看起来都有点格格不入。但是，遇到那种谈话极为空洞全是吹牛的人，为什么要浪费我们宝贵的时间？

也许那个大叔的人，并不坏。事实上，他还热情地冲我打招呼，给饭桌上每一个人都递名片。

于是我不声不响离开饭桌。后来，他的名片我顺手丢了。

我们一生中，会跟很多陌生的人吃饭，相互介绍，分发名片。但大部分都不会有深度的沟通和交流。

生命就浪费在这种无谓的应酬上。

而我，只想成为我自己，不想浪费。我把时间放在提高自己的技艺和能力上，积累自己的作品上。我直接就可以和靠谱的公司企业谈合作，快速地达成协议。

多出来的时间，我可以去欣赏一朵花的美丽，享受吹风的清爽，甚至逛一逛街市，感知老北京的风土人情。

我不再轻易地涉入别人的生活，因为别人不喜欢打扰。我自己也一样。因为我也不喜欢打扰。

当我们共同内心喜悦心甘情愿的时候，我们一起享受当下的时刻。当我们一方有自己的生活，那么点下头，微笑一下，各自走开。

无论何时，当你明白了这个原则之后，就不会虚度光阴，沉迷于口舌的奉承。

还有一次，我忽然接到一个电话，是一个作家老朋友打过来的。她说，有个外地的旅行家来武汉，想见我，约我相谈。

我问是谁？

老朋友说出名字。我完全不认识这个人。

我问我的作家老朋友认识这个旅行家吗？

她说她也不认识，是一个广播电台主持人间接找上她，让她转告的。我立刻明白了。这又是那种典型的骚扰客。

我对老朋友说，请帮我马上拒绝，您也不必再理会这样的人。

没过多久，这个旅行家又跑到我微博发私信，指责我耍大牌，为什么不见她。我回复询问，是否有重要事情？

她说，也没什么事情，见一面不行吗？

我删除了私信，不再回复。

未经过考验的人际关系，是空乏的。我只跟认识三年以上的朋友见面，只跟认识五年以上的朋友谈心。成为这样的人，需要付出的代价是，你可能会被认为是一个自私的人，那又何妨？

我们生来，首先就要确保自己独一无二的生命价值。我们的生命应该浪费在美好的事物上，更应该浪费在有意义的人身上。

这就是全部的答案。

说走就走，是青春里最闪亮的时刻

春天还有点冷，空气带着冬雪散去不久的冻意。那时上高二，英语老师是个年轻人，穿着翠绿色的呢子外套，拎着扩音机和他的提包走进教室。

坐在台下的我们，一直喧闹沸腾，直到英语老师含笑抬手，压了五六下示意大家，才安静下来。所有人的脸上都按捺不住聊天的兴奋，包括有人偷笑。

英语老师笑着说："新年啦，下学期我就不教你们了，你们这么开心啊！"

"不是的，不是。"我们纷纷否认。

上课还是照旧。单词念一个章节，时间就过去了十几分钟，讲解题目又过去了十几分钟。然后放课文录音。大家跟着朗诵。

男声铿锵明亮，女声清晰悦耳，组成英文朗诵的音波，在教室内回荡。直到课程结束，我们提要求，放一首英文歌吧！这也是学习啊，听着优美的英文歌学英语。其实这个年轻的老师，平时也常常给我们放，不过今天我们特别期待，他会放什么。

我坐在第一排，最为便捷。我喊出口：《My heart will go on》。这样经典的金曲，永远不会褪色过时。

他放了这首常备英文歌。所有人都跟着唱，所有的眼睛都与往常不一样，闪着透亮的光芒。英语老师的脸，皮肤原本偏黑，渐渐透出温暖的红色。他取下围脖，也跟着我们唱起来。

师生之间，心照不宣。

歌的旋律结束，他忽然开口用一种稍微变调的声音说：人生有不同阶段，我开始了一个阶段，你们也要开始了。二年级念完，你们可就要彻底面对高考了，要更加努力。我希望你们有更好的未来。

这个年轻的老师说一句，我们答应一句。

他转身拿起提包，变戏法似的掏出一大包糖果。我们欢呼起来。是的，他新婚，休假完毕，就回来继续给我们上课了。然而那已经是一学期最后的几节课了，下个学期，会安排更加资深的老师，冲刺迎考。

我们吃着他的喜糖，大喊，新婚快乐。他带着少有的羞涩望着窗外，大概目有泪光，不好意思看我们。片刻后，他说，我再给你们放一首吧。

这一次，我们什么都没嚷嚷，想听听他会放什么。当时的课堂忽然寂静，我忽然涌出奇妙的感觉，我好像会猜中是哪一首。

结果我猜中了，真的是《昨日重现》。

我们没有大声合唱，而是低声跟随。在年轻的岁月里，很多老师对我们说过“加油，认真学习”，这一次，不再是重复老调的劝告。

似乎有种饱满诚挚的东西，灌注到了歌声中。

曾经他也是台下的学生，怀着和我们相同的梦想，朝夕用功，踏过独木桥向前走。

而今回望，我确定，那年听到第二首经典老歌之时，是青春里最闪亮美好的时刻。我们的祝福老师收到了，老师的寄望，我们认领了。新老传递生生不息，发自内心，尽在歌中。

不如靠自己

小时候我想买的是一个俄罗斯方块游戏机。这东西现在仍然有，是古董级电子产品，当时一个要一百多块钱，我一个月零花钱也不过三十多。怎么办？我家附近开中医铺子的老头问我，反正你暑假那么长，放假了没事做，帮我收蝉蜕怎么样？

夏天日光最明亮的时候，有些蝉就蜕壳了。

我逛遍了十几公里范围内大大小小的树林，举着竹竿粘那些棕黄色的透明蝉蜕，脖子都酸了。收集了一口袋，小心翼翼拿去换钱。加上攒了好久的零花钱，总算去商场拿到游戏机。我没玩多久就开学了，因为攒蝉蜕，花了我一个多月时间。

我另外一个玩伴就比较惨了。他想要一套郑渊洁的十二生肖童话书。他家附近有个汽车配件工厂，于是他拎着塑料袋，戴着遮阳帽，冲到工厂倒出的炼铁废渣堆，又刨又捡。等到加起来卖了七八十公斤的废铁，他走进了新华书店。我去他家借书看时，他已经变成了小包拯，皮肤乌漆墨黑，并且严肃警告我，弄脏了童话书得赔偿新的给他。

还有一个玩伴就比较逗了。这个女孩子，路过商店，看中了一条红裙子。有点贵，家里不答应买。

她家开早点店子，别的事情一时半会儿她也干不来，于是她学着包饺子，然后加给她对应的零花钱。到最后我们去她家吃早点，点一盘煎饺，目睹她在另一张桌子旁双手翻飞，俨然绝顶高手，快如闪电。

后来我们约着一起去荷塘摘莲蓬时，她穿着凉鞋和一条嫩红的裙子。我必须承认，那天她是一个满脸骄傲又美丽的女孩。

在我们的少年时代，想要的是游戏机童话书和漂亮裙子，达成理想的办法是攒蝉蜕拾废铁包饺子。可是我此时此刻，凭借文字记录当年，另有感受。

在小时候的那些暑假，我们费尽心思得到的东西有什么用？其实没什么用。我的游戏机被全家人抢着玩，太过辛苦报废了，后来还被我拆开研究了一番内部构造。玩伴的童话书被这个那个借去看，终于还是散失了。不过他很享受那段时间在同学们当中，格外受欢迎格外吃香的感觉。而女孩的裙子，年深月久褪色了，下落不明，说不定被她妈妈拿去做拖把抹布了。虽然长大后工作了赚到钱，她可以给自己买很多别的漂亮衣服。这些小事情，我讲不出什么大道理，只有一点点小道理。世界上有些东西一路奔跑，超越了文字，超越了道理，超越了时间。

有一首歌里唱：“当完成了童年理想，童年又成了理想。”很多年后，阳光照进我们的回忆里，这种靠自己换来自己想要的东西的感觉，特别好。别等，自己想要的东西，自己去追求得到，大概会成为一生的信念。

我们的征途是星辰大海

我去看了夜间场的《美女与野兽》，一个人独占一个放映厅，很爽。看的时候，我心中有一种奇妙的感觉。

这个故事其实不用我重复，因为太过经典了。

有趣的地方在于，电影把美女贝儿设定为小地方的女孩子，其他的人都不看书，大家认为女孩子不该识字。在村子里的居民看来，贝儿是个奇怪的女孩，居然爱看书。

我们如何才能超越外表的皮相，去爱一个人的灵魂？前段时间我在自己的微博上玩了一个小游戏，我问网友读者：如果让你选择一个明星结婚，你会选择哪个人？

在各种各样明星的名字当中，出现频率最高的居然是“高晓松”。我当时看到这个结果，一方面非常惊奇，同时又哈哈大笑。

这真是太逗了。

高晓松肯定没办法归类到好看的那种人里面。但是他代表着一个有趣的灵魂。他看很多的书，就算是胡说八道也兴致勃勃。

原来，还是有很多人，会透过皮囊，喜欢一个人的内心。

所以美女才会爱上野兽，因为这个野兽的内心住着一个王子，这个王子，他是读莎士比亚的。

在美女危难的时候，野兽会冒着生命危险，去救她。哪怕他自己被恶狼咬的遍体鳞伤，差一点死掉。

哪怕外表是野兽，但是他的温柔，仍然是王子的级别。

在这个渺渺茫茫的尘世间，恐怕不止电影里的贝尔一个人被认为是奇怪的女孩。

所有跟身边的环境格格不入的人，在童年时代，都会被认定为奇怪的小孩。

有些男孩，也有一样的遭遇。小时候很孤独，被排挤。长大了以后才发现，并不是他自己很奇怪，而是待着的地方实在太小了。燕雀安知鸿鹄之志哉？

只知道温饱求生存的地方，当然认为心里面想要读诗的孩子，是奇怪的。

真正热爱文学的人，得到再多的名利，他也不会改变内在的深情和执着。他只是变得更加强大，能够捍卫自己的爱与自由。

那些说“长大后最终变成自己讨厌的样子”的人，其实他们本来就是那种讨厌的人。岁月只不过让他们露出了野兽的真相与本质。

内在是王子，那他就是王子。哪怕被人误会，当成怪物和野兽，最终还是会变回王子。

一个人的心如果见识过广阔，见识过深情，见识过美好，见识过真实，那他就再也无法忍受虚伪做作和无知。

我说的不是别人，就是我自己。我小时候，也被人说是个奇怪的小孩，不爱跟人打交道，不爱说话，就喜欢闷在家里看书。

很多年后，他们看着电视里接受专访的我，看着无数报刊上出现的我，看着著作等身的我，似乎明白了。

其实他们永远不会明白。我从来不是为了向那些人证明自己而努力。我是为了我曾经抬头仰望的星空，才去穿过荆棘密布的曲折路途。

我要走得更远更高，才能离星空近一点，去见识那浩瀚深沉之美。就像天鹅应该在天空飞行，仅此而已。

如果别人说你很奇怪，那你唯一需要做的，就是去往更加博大的世界。在那个博大的世界，你可以用辛劳交换自由，你有能力养活自己。你可以功成名就，也可以享受莎士比亚。

做自己欢喜的事，做喜欢自己的人

你是想无忧无虑还是想痛苦纠缠？你是想混吃等死还是想积极有为？你是想样样出色还是想萎靡困顿？你是想快活欢乐还是想泪眼婆娑？以上这都是些什么破问题？有脑子的当然选正面的啊？

那选负面的呢？就是没脑子的吗？恰恰相反，我觉得选负面的更加有脑子。

因为真的懂事有了脑子的人，才明白，无忧无虑是不可能的。混吃等死要拼爹或者中彩票。想要样样出色的人活得特别累，快活欢乐不是零成本的，需要你拿时间拿心力去交换。

被我这么一说，我现在再让你选，你会怎么选？

笨蛋啊，肯定是要选正面的啊。

不追求快乐难道追求眼泪啊?你是不是自虐啊？不积极有为反而混吃等死，你跟猪有什么区别啊？

你看，我是不是在强词夺理胡搅蛮缠？我是不是把你的脑子给搞乱了，熬成了一大锅咕隆咕隆冒泡的浆糊了？

让我们歇息下，喝口汽水，在这个夏日漫长但终于要过去，立秋到来，总算多点理性冷静的时分，好好回想一下。

你有没有遇到过这样的一个小问题：长大了想干什么？

问你的人多半是家长或亲戚。

我肯定，大部分的小孩子都会被问一句，长大了想干什么。而小孩子呢，在那个时候，也很配合地随便说点什么。比如提到心目中的偶像啊，比如提到想变成什么样的人，比如从事什么样的伟大职业——踢足球、唱歌、开公司、大律师，等等，诸如此类。

很少有小孩子会回答：长大了不想干什么。

这样的小孩子太阴沉，显得太早熟，太没劲，也太童年阴影了。

然而，我们飞快地就长大了，无时无刻不得面对这个问题，我活着到底想干点什么呢?

这种想法，我们从前称为理想，说粗俗点也叫欲望。这玩意是我们心中的一坨火。熊熊燃烧着。

渐渐地我发现，这个世界只有两种玩法，一种叫按部就班，别人怎么做，跟着怎么做。

另外一种叫“别扭”“拧巴”，别人都是这么做的，偏偏不这么做。不得不承认，人是有天性的。也许这天性是一个阶段一个阶段，有变化。但拧巴的人在拧巴中，看起无比悲催痛苦，眼神最深处，总有一种宁静，我知道我是个拧巴的人，我正在拧巴，所以我很吻合自己。

按部就班的人看起来忙碌，不自由，被禁锢，但眼神最深处也有一种安逸。我知道我乐意这样，别鼓动我逃亡于广阔的天地，然后饿死。

哭不一定痛苦，笑不一定喜悦。说着混吃等死可能在忙于赚钱，嚷嚷积极有为的人也许毕生啥都没做出来。

嘴巴上抱怨一千遍，不代表你不喜欢你所在的地方。

去干点什么呢？要问你的心。你天性是什么样的，就得干你觉得欢喜自在的事情。

你的心在你胸口，不在你的嘴巴上，甚至，你的心也不在胸口，在你的脚上。脚走向哪里，哪里就是你想去的世界。

每天勇敢一点点

有段时间我很怀念，超级怀念，高二年级至高三年级的青春期。

为什么怀念？因为我觉得那个阶段的我，埋头苦读，心无旁骛，脑袋里虽然装了不少的闲杂读物，但两个大大的核心关键词，占了最大篇幅。高考啊，大学啊！

那个时候我骨瘦如柴，走路是轻飘飘的，但目光坚定，表情呆板，行为励志，每学期拿奖学金可不是瞎吹，尽管中学奖学金只有几十块钱。我的内心有一种饱满的无所畏惧的向前，向前，向前。同学之间只有一句话，拼了，这回咱们拼了。

这种感觉使我觉得仿佛沐浴了一次春日温泉，元气能量小宇宙全爆发，以致多年后，回忆起来，我都要感动了，被自己，也被那一时刻的青春感动。

然而——

事情总要深刻去看，因为我是大人了。当我被自己都感动的时候，我开始疑心和警惕。

就如多数人所知，大学不是虚构的美好乌托邦。大学更像是练兵场，上战场之前的预习。评优、奖学金、职业证书、同居、租房、找工作……每一样都让人领教厉害。

但是，几百万图书的大图书馆，无数名家牛人的讲座，客厅的辩论探讨，野营郊游，游园会和社团，也有不少美好记忆啊！然后毕业。就这样我经过了历练，抛入浪潮河流，与无数人同台竞争。

如果我当时准确知道未来每一步道路，我一定没有那么无畏。

因为我根本就不知道在未来，还有那么多事物赐予我美好的滋味，同时赐予我残酷悲伤。

那时的无畏向前，只不过是因为无知。我不知道人生其实必经反复的重新评估，重新拟定，甚至推翻重来。

我更加不知道，一生之中，一个孩子成长为大人，原来要面对那么多选择。跳不跳槽，去这个单位还是那个公司？作品签不签约，会被糟蹋还是被用心善待？爱还是不爱，这个人是好是坏？买不买房，这个还是那个？会上当受骗吗？

是的，我变成犹豫不决的人，常常无法一头冲上去勇猛向前，向前。因为我在岁月中学习太多，获知太多，我知道后果，我还知道后果长什么模样。

事物的后果，再也不是那个中学生的我，脑海里模模糊糊的想象了。后果不是简单的励志关键词，不是乌托邦，后果是活生生的切身切肤之痛，是如蚁噬的悔恨，是压迫住每个毛孔的悲伤，是承担代价的失眠压力，是头破血流，是左右难为，是不舍但必须放手，是日渐清晰明朗的真相——人生哀乐不均，甜美短暂欢愉有时，一定要抓紧。

呵，原来每当我怀念，便是遇到艰难选择时。我才不是想回到过去，只是希望从过往的记忆经验中借一点东西。

如今的我已经觉悟。那点勇气借不到，也借不来，不在过去，不在未来。

成为了有知者，绕不开痛苦。这正是真正的人生。少年的我，由我来批判。保留什么，舍弃什么，我要知其然，更知其所以然。往后的每个当下，我了解，我自己选，我自己承担。

这就是我，一个比你们老那么一点点的大叔（不是永远的高龄少年吗？）写在六月的“批判说”，特别献给你们。

越过这种唯一一次的无知热血，准备进入真正的世界。

幻觉退去，你就要开始真正的人生，成为大人。

勇者为王

当梦想照进现实

像鹰一样自由翱翔

活成自己想要的模样

穿过迷途，便是路

第四章

越过迷茫和脆弱，为自己的人生寻找光亮

勇者为王

1

我有一个前同事白羽。这是一个地道的宅女，平时最喜欢看韩国的浪漫爱情剧还有日本的动漫。对《犬夜叉》非常熟悉，对欧巴明星了如指掌。

她最大的梦想就是在单位里面一直安安稳稳工作下去。于是我们开玩笑跟她说，最好赶紧找一个本地人在一起，就能长长久久待在这个城市了，而且还不用太辛苦自己买房。

早些年，让一个女孩子独立买房，还真的是一件压力巨大的事情。且不说每个月还房贷就很可怕，拿到工资了再也不能买好看的衣服，不能轻轻松松租房，不能自由自在逛街了。而且，家人也催促她，还不如回到老家的小县城，轻而易举就能住上大房子。再相亲结婚，男方一般要买车，更加惬意。

可是她读了大学，在上海工作过，又来到武汉，已经觉得人生适应了这样的城市生活。

她一直犹豫，听从我们的意见，开始尝试着接触一个城市里的男孩。她谈了一个体育学院的老师，我们这些旁观者，持保留意见，因为她性格这么柔弱，遇到那种力气大，却不解文艺的男人，恐怕观念很难统一。

这段感情，以无疾而终收场。那个老师相当势利，搞清楚了她的收入状况，加上没有本市户口，就闪人了。

白羽有些难过，埋头工作大半年，决定在假期出门散心。

机缘巧合，有一次她在旅行的时候，认识了一个摄影师。跟这个摄影师恋爱了。这个摄影师不是影楼工作的那种，是电影电视剧圈的。两个人对喜欢的影视剧，相谈甚欢，一拍即合。

白羽很开心。

很快她又面临到了人生大问题。

摄影师是一个长年累月跟着剧组跑的人。主要的工作地点是北京，但他不是北京人，也买不起北京的房子。

怎么办？要不要嫁给北漂的男青年啊！

2

在谈婚论嫁之前，当然是见家长。摄影师带着他，做了十几个小时的火车，然后再转皮卡车。来到了内蒙古的大草原。蓝蓝的天空雪白的云朵。

白羽人生中第一次骑上了高大的骏马。戴着宽边的大帽子，围绕着帐篷毡房，体会了一把游牧民族的生活。摄影师的父母家人，带着少数民族的热情诚恳。

就在那一刻，她忽然笃定了，觉得可以和这个男人一起走进家庭。

她一直很害怕也很抗拒考虑未来，也不想再漂泊在大城市。没想到，因为爱上摄影师，忽然有了勇气。

她辞掉了武汉的工作，在北京找了一份新的工作。

她和摄影师男友租了房子，结婚了。

白羽在武汉的工作是一家历史悠久的老单位，非常传统和保守，上班的时候连QQ都不允许安装。去了北京之后，最终，她跳槽到了一家文化公司。

她在大学本科的专业是英语。她的新工作是总监助理，对接外国翻译作品，充分运用上了自己的所学专业。她很开心。

如果一直留在那家单位。爱情很可能无疾而终，而且她只会继续做着不喜欢的事情。

到了北京以后，的确和预料的一样。北京的生活要面对高昂的房租，到处都是天价房子。能够买得起城郊楼盘，已经非常不容易了。

大家劝她，反正很多人都北漂，一直租房。或者在北京多赚点钱，回到家乡买房。白羽却不再害怕房贷什么的了。哪怕北京房价是武汉的好几倍。

人生总要为自己争取。

所以，白羽留在北京快五年的时候，下定了决心，她说服老公，一起坚定斗志，在通州定下了一套两居室。

3

以前上班当同事的时候，她数学不好，连报销都觉得头疼。她只知道埋头做事，周末煲鲫鱼汤，看看超市的各种菜。

从买房子开始，她陷入了痛苦纠结。买房子会遇到各种麻烦事，收房交房，拖延违约，都遇到了。

她找我求教，我用过去买房的经验和仅有些微记忆的法律知识，给她解释。

一贯文艺女青年的她，把我说的内容，都记下来，耐心琢磨法律的意思，搞清楚了状况。

最后终于拿了钥匙，存好了装修钱，开始打造自己的家。

她的微信状态，隔几天更新一下。

“今天订好窗帘，定做了若干寝具，明天再跑一趟送过去。不管有多慢，即使一次只能做一点点，几个月后，也会弄完了。”

“我不怕慢，不怕上当受骗买教训，我怕不动，怕不做，怕嫌琐碎，头绪多，我怕看不上做小事，只想一次做出大事一鸣惊人，我怕这样只是眼高手低。”

“我不怕维权，不怕丢脸，我不怕奔波一天还有别的烦恼，我不怕明天继续早起晚归。我都不怕。我只怕自己被不知不觉消磨殆尽。”

看着她的状态，我忽然觉得有点感动，以前的那个柔弱无主见的同事，成长为家庭达人，为了生活，强大起来。她学会了为自己鼓舞，已经不再是过去那个迷茫胆怯的年轻女孩了。

4

回武汉，我们几个老同事重聚，在一家西餐厅吃饭。

她说她喜欢现在的公司，把所有的产品都做得很精致，再累再费心，也觉得有价值。

真的，不管在什么地方工作，都会累。但我们希望累得有价值。她工作的项目，是《纽约时报》评价好书的中文版，她细细做得格外负责，很快进入了排行榜。

在商场里看见那个作品的漂亮海报时，她觉得无比开心。

新年时候，看见她发的朋友圈消息，是这样写的：“在新家住的第一个早晨，第一个傍晚。昨晚睡得很香，今晚继续。今天开伙，做了排骨海带汤，也很美味。”

配图是一棵刚刚开花的树，姹紫嫣红的，满是春天的气息。

过往的一切辗转反侧和畏惧，都淡出。

我想，从这一刻开始，她进入了人生的另外一个阶段，那是属于她自己的全新未来。

她曾经以为自己会成为一个可怜的大龄剩女，在公司里低声下气。然而，她鼓舞勇气，走了出去，没有饿死，还拥有了自己的家。

这个世界，加倍赏给她生活的美好。

当梦想照进现实

这是一个真实的故事，关于梦想照进现实。

1

在一个山西小城，1998年春天，一个活泼好动的六岁女孩，独自在她家附近玩耍。

像所有小孩子一样，她做着斑斓多彩的梦，喜欢好吃的，爱玩。不知不觉，她跑到梯田里，不小心摔下来。命运忽然闭上眼睛。

回家以后，这个小女孩昏沉沉地睡着，父母心急如焚地带她看医生。去市医院，去省医院，去北京天坛医院。

专家诊断结果为：休克性颈髓损伤，俗称截瘫。

她无忧无虑的童年就此结束。

被诊断为截瘫的小女孩，随着父母多年在外求医。

求医路上，沉重的医药费让这个小家庭无力承担。为供姐姐、哥哥读书，她的父母再无更多精力负担她的教育。

学校，也难以收纳一个截瘫的女孩。

就这样，她与学校彻底无缘。

2

2013年夏天，我出版了一本小说集。这些年，我的联系邮件，公布在我的个人博客上。我收到成千上万各式各样的来信。

某一天，我突然收到一篇书评，正是写那本小说集的。

书评的文笔虽然还带着稚气，但对我的历年作品如数家珍，特别熟悉，某些句子，甚至说中了我当时写作的心情。我当时心想，写得挺好，可是不大符合报纸书评版的格式。

我想，要不要修改一下，推荐发表。犹豫之间，目光落到邮件的末尾，我发现她附带了一段小小的文字简介，关于她自己。

这个女孩说，她没有上过一天学。

我很惊奇。这是个有天分的女孩子。

我给她回信了。

3

有一次，我看一个纪录片，主角是日本的天妇罗之神——早乙女哲哉。专心专注，把一种食物做到美味。

其实，作家和厨师是一回事，都是手艺工作者，不能假借他人之手，亲力亲为，而且必须耐得住寂寞。

天妇罗之神说的几句话，我特别喜欢："现在的人总是急于实现梦想，包括中彩票这种不切实际的事情，我认为这并不是梦想。梦想如果不打好基础，就算实现也会很快崩塌。每天脚踏实地地积累，才能成就梦想。"

作家都是自恋的，都不喜欢搭理别人的文字，但是，2015年我监制了一本别人的书。

这本书的作者，叫林深之，本名李璐。

李璐，就是那个没上过一天学，从梯田摔下来，从此坐在轮椅上长大的女孩子。

她称我为老师，但其实，我只是觉得她有潜在的才华，恰好遇到了价值观相同的我。

我当时这样问小璐，你愿意在自己真正的作品诞生之前，忍受比较漫长的积累时期吗？

她说愿意。

其实我看出来，她怀着惴惴不安。但她选择了这样去做。

她想成为一个作家，于是她日积月累地写。给南方周末网写电影评论，给老牌的文学杂志写散文，也给畅销的时尚杂志写小说。

在她有了自己的书之后，也仍然是轻描淡写地处理自己的故事。

那时的她，不太能活动，只能勉强蹲着不倒。有时候，她的妈妈抱着她坐在一个地方。

那时老房子周围还没有被开发、被修建，大门前面有一大片荒地。她一直等待着有一天，能够治好双腿，重新恢复走路。

春天，她蹲门口等苹果树发芽，抓毛毛虫来玩。夏天，她蹲草丛里等着抓螳螂和瓢虫。她只能蹲着，无法站立。

秋天，她等草干了蹲土地里烤红薯土豆，冬天，她蹲在门口等下雪……终于，她坐在轮椅上，从小孩变成少女，度过漫长的青春期。

一个人经历来这么漫长的苦闷，失去行走的自由，选择自学、写作、投稿。

作品最终获得发表，虽然起初文字只是发表在小刊物上。

她本来就足够坚持。

我相信我的直觉判断，这个女孩，就是早乙女哲哉所说的那种人。

4

但是在她的眼里，我是这样一个形象："作为长期要向他学习请教的人，好像有很多人觉得，能够跟他交流一定很精彩、很有趣，但其实恰恰截然相反，在认识不多不少的这两年里，他给我的印象是一个非常简单的人，说话言简意赅，说完就消失得无影无踪，想要再找他，必须把微博、微信都留言一遍。"

"记得刚合作那会儿，我什么也不懂，为了磨炼我这个新人，他布置了很多任务给我，我非常诚恳地告诉他，这本杂志很大牌退过我很多稿，那本杂志很有名，我连试都不敢试，他很淡定简单不容置疑地告诉我，攻下它。”

“就这样，那段日子我疯狂写稿，最后成功把那些杂志写在了自己简历里。”

“不得不说，老师确实深知玉不琢不成器的道理。

想起第一次新书跑活动，紧张半死的我，用手机问他有没有经验分享，他只回复了我四个字——随便讲讲。就是如此简单粗暴的一句话，让我一半紧张都消掉。”

她说的，都是真的。

因为写作这种事情，真的教不来。我只能鼓舞她、催促她、推荐她，但我不能代替她实现自己的梦想，因为我也做不到。

谁也没办法把石头变成玉，我们只能把璞玉琢磨为玉器。

我猜，我的强硬态度，把她的潜能都给逼迫激发出来。

5

蝉要让大家在夏日听到自己的高亢歌唱，先要忍耐那些地底的沉闷辛苦。

当别的孩子花着父母的钱，嚷嚷着青春，嚷嚷着旅行，她不分白天黑夜地敲出文字。

当别的年轻人上网诉说苦闷，她在积累自己的工作履历，兼职做编辑，自己赚钱。

时间用在哪儿，是看得见的。

这也是我对她的褒奖，哪怕是在接受电视台采访时，我也是这么说的。她一直认真写作，而不是让自己的生平经历压倒了创作。

十月初秋时，我比她先拿到出版的样书，那天，我用手机拍图发给她看。然后，我在微信语音里，听到她的万分激动和欢呼雀跃。

这是她人生中的第一本书。

早乙女哲哉还说，“世间的人总是认为能够瞬间实现的才叫梦想，但那些东西其实什么都不是。只有每日每日的积累才是促进梦想实现的源泉。”

这本书，叫《女孩，你要好好爱自己》。

没多久，出版公司的编辑主动找到我，想要再出她的书。

她就继续一字一词，一篇又一篇，点滴积累，成为源泉。深夜里，我和出版公司的编辑在手机上聊天，敲定了她的第二本书。

6

我一直觉得，沉默才是最有力量的。但是沉默不代表无所作为，沉默意味着不喧哗吵闹，不喋喋抱怨，而是静静地低头做好手里的事情。

一个人的心没有受限，哪怕去不了远方，坐在轮椅上，也仍然可以见识这个世界的广大。

这样一比较，那些没经历过真正的痛苦，却在书里无病呻吟迷茫孤独的作者，太矫情逊色了。

我一直相信，只有真正的勇者，才能书写真正的勇敢。越过迷茫和矫情脆弱，成为顽强牢靠的人。

这种人坦然面对自身的苦难，敢于书写苦难，但绝不炫耀苦难去打苦情牌。

在自己的作品出版之后，很多知名报刊和媒体报道了她。她在太原书城，有了自己的第一场签售会。

我觉得这不是命运的奖赏，这是她亲手编织，献给自己的花环。为自己的人生寻找光亮，创造光亮，这样的人，可以称之为勇者。

罗曼·罗兰在给米开朗琪罗写传记的时候说："并不是普通人都可以在高峰生存，但是可以一年一度上去顶礼，从中可以获得日常战斗的勇气。"

至今，我们素未谋面。

除了她给我寄过一次坚果大礼包。

好吧，我们都算是大吃货。

但这正是我的态度。

请用才华和努力证明自己，投递零食可以，其余苦情牌则免谈。

拥有好看的优质作品，令磨难成为成长的一部分，这才是最值得表扬的。

她是一个活生生的例子，让梦想照进现实的例子。这个没有被不幸击垮的女孩，开始了闪闪发光的新旅程。

像鹰一样自由翱翔

在我的中学时代发生了一起轰动全校的事。

从那天开始，女生们走起路来更加羞涩，男生们有事没事就捋下头发，拉整齐衣服，时不时照照镜子，凝视自己的鼻子眉毛嘴巴，潇洒转个身。还有的男生比较夸张，随身带一瓶摩丝，定出一个拉风的发型。

对了，那个时候还不流行啫喱水。要是连摩丝都没有，干脆用水抓两把。

这一切都是因为大雄。大雄刚好是我们班的男生，数学很好，长相憨厚，而且脸上还有一个恰到好处的痣。这个痣如果低到嘴巴下，就比较像管账先生，如果再靠近眼睛，就比较像奸诈反派。大雄的痣停留在脸颊与鼻子旁边，带着一点俏皮滑稽和醒目。

我们男生一度怀疑，大雄的幸运就是来自那颗痣。赐给大雄幸运的，是湖北电影制片厂。20世纪90年代看电影已经稀松平常，可是拍电影，在我们那个小镇中学，那简直是天大的事。

我们的高中建在县城旧址，所以古风犹存。县城后来迁移到新址重建，古城冷落。电影制片厂采风取景，顺便就在我们高中选男主角。导演要拍的是一个关于早恋的校园故事，演员想选原生态，没有表演经验的。女生们比较失望，因为女主角已经选好了，打扮洋气，是个大城市的中学生，请了假跟着剧组到处跑。

男生们排起了长队，面带兴奋，在学校里的文物点——革命旧址小红楼里试镜。他们鱼贯而入，出来的时候，个个垂头丧气。我呢，压根没勇气去面试，干脆彻底旁观。选了三天，只有大雄充满神秘的笑容。没多久，宣布男主角就是他。

老师们事不关己高高挂起，只当是课余闲聊的有趣话题。对于男学生来说，就受刺激了，尤其是平时热衷耍帅扮酷，跟女孩子聊天，讨厌学习的那几位。

穿西装白衬衫皮鞋的甲，头发整得大风吹过纹丝不动的乙，高个白净有几分英俊少年气质的丙，统统被大雄打败。看起来毫不出奇的大雄，凭什么获得导演的青睐？导演的眼睛是瞎了吗？他们气愤了。

确定主角之后，电影迅速开拍，在一条夹在花园中间的走道上，大雄来来回回地走。女主角靠在栏杆旁边，低头若有所思。大雄每经过一次，就要回头一下，以表达少年骚动而羞涩的心。

大雄估计第一次拍戏，太紧张，一直NG，有次跑过女孩的身边太快，啪，他的旧皮鞋踢飞，落在两米之外，所有人哄然大笑。

就这么拍了好几天，他们连手都没拉到。多年后，读着塞林格的那句“我觉得爱是想触碰又收回手”，我自己也写过各种小说故事了，倒是挺理解导演的心思了。

接下来的一个月，大雄消失在学校。据说被剧组带到省内某个山里拍其他镜头。回来时，问起大雄将来是不是要退学去省城当明星？他支支吾吾不肯细说，忙着补他漏下的功课去了。

隔年在校门口遇到大雄，问出了答案，导演只打算让大雄拍一部片子，告诉大雄好好学习。片子放映后，也没了下文。

不过，那天下午，大雄说，他在山里看见老鹰了，天好蓝，云也白，鹰飞得好高啊！

我依稀觉察，大雄的话别有深意。我们这些生长在平原的孩子，从来没见过鹰飞。

看他那悠然回忆的神往表情，我说："不管怎么样，我以后还是可以跟别人讲，我的同学拍过电影哦！"他被逗乐了。

大雄后来考了一所不错的大学，在公司上班，小日子过得挺好。

再说说少伟吧，他是那种成绩垫底，完全没希望考上大学的人，但也没坏到变成混混上街打架闹事。少伟上课常常睡觉，到点了飞快跑去食堂打饭吃，晚自习溜达出去吃夜宵，瞎晃悠。

那天晚自习回宿舍，我看见少伟在操场一个人发呆，不知道在自言自语些什么。

走近了，我发现他捏着一个啤酒罐，叹一口气，喝一口啤酒。中学生不许抽烟喝酒，但这只能管住好学生。我从少伟旁边绕过去，他突然叫住我。

我吓一跳，以为他想打架。说真的，我猜测，不爱搞学习的学生，向来看不惯搞学习的，心头总有揍我们一顿发泄的冲动。

平时大家装得鸡犬相闻，老死不相往来，也是看在考试时有可能抄一把的分上，不然早出手了。

我心想，这家伙看着老实，喝醉了就难说了。结果少伟拽住我，带着醉意迷茫地嘟囔：“考得上考不上，你们反正有个目标，我，我都不知道以后能干吗！我家又没什么钱。”

原来，他是在烦恼未来人生。我说：“你可以考体院，那次体育会考，你不是跑了前几名吗？”

他想了一想，眼睛居然亮了，放开我，认真和我聊起来。十几分钟后，他才走掉。谢天谢地，我顺利脱身。

当然，少伟最后没能考上体育学院。因为部队来学校招飞，各种体能测试，他都通过了。就这样，少伟去开飞机了，听着都很牛。

后来重逢，他给我讲，那些飞行员特别逗，因为一直待里面，三四十岁的人，还很单纯，打个扑克也像小孩子一样吵嘴。我们哈哈大笑。少伟是来感谢我，特意请我吃饭。不过，他要谢的其实是他自己。那场夜空下的对话之后，少伟的确开始练体能，天天跑步玩倒立。命运垂青有准备的人。

直到十几年后的今天，少伟还保持良好的身材，那是一个飞行员的素质。

现在的网络时代有句话叫“哪怕你是猪，站在风口，也能飞起来”。但细想一下，猪飞起会是多么搞笑和狼狈，那么沉重，飞不了多久就得坠落地上，摔个鼻青脸肿。

这或许才是这句话的本意，是用来让自己警惕，不要跌落。

我觉得，当风真的吹起，就飞上天空的，应该是老鹰。

那才是真正的自由翱翔，天高地阔，迅疾如闪电，生猛有力量。

鹰有没有风口，都能飞起来。

活成自己想要的模样

纪得是我的一个朋友，飘于深圳，拼在一家不大不小的公司。

她的故事，我得用化名来讲。

有一次抱着沉重一箱文件，跨越半个城区送到目的地，精疲力竭。可以报销车费，公交的。有那么一瞬间，纪得看见眼前的牛皮纸的棕色，摇摇欲坠。不，是连人带箱一起摇晃。

上来吧！纪得望向发话的人。发话的人装在一辆别克里，邀请的眼神很诚恳。她没有摇头也没有点头，凝望了片刻。诚恳的人下车，接过她手里的沉重放到了后备箱，再拉开前车门。

纪得倒在真皮座椅上，极力放松身体的每一个细胞，好让大伤的元气重新聚集回来，纪得还是没忘记小心翼翼礼貌地说了一句谢谢主任。这个男人是她实习的公司的部门主任，他大概也来这边办事。

部门主任载着实习生，像什么来着？像宋思明载着郭海藻。纪得有气无力脸色苍白地笑了。公司这个部门不止一个实习生，青年男女虎视眈眈珍稀着工作机会，有人的地方就有江湖。实习生的江湖更直白残忍，一个个斗得乌眼鸡似的。

她不想放过借助主任的机会。很快纪得在公司楼下快餐厅的背面挡板后，冷嘲热讽都听见了，把头压得很低。他们议论的她都懂。

主任说，没什么意外，公司肯定跟你签约的。

纪得不再租房，她住主任的房子。时间就此过得放松一点，纪得每天上班按时有人接送。

3个星期后，所有13名试用期当中的实习生，到人事部单独面谈，时间是下午。

神色肃穆个个犹如烈士，等着人事部给出扭转命运的裁决书。

最后裁决是，2个人正式签订合同，11名领取了试用期最低薪酬请再觅高就。胜利者倒像叛徒，绷紧脸孔谨慎做人。失败者失望泛滥，失去镇定。

没有想到，在纪得庆祝的请客吃饭唱歌的地方，看见了一张熟脸。服务生嘀咕，这个客人是一个人包夜，喝了很多酒，情绪不好。

熟脸的女生眯着眼睛，认出纪得，忽然一把抓紧了纪得的手。喝了酒人话多。絮絮叨叨没完没了。纪得跟好友说，是我公司里的朋友，你们先回去吧！

女生说，其实我也想留下来，你别说，找个主任这样的男朋友，其实也不错啊！工作有了，男朋友也有了。我也有梦想啊！我也年轻，有梦想啊！

纪得看着喝醉了的同学，这个女生哭得眼泪弄花了眼影，乌溜溜得，还真像乌眼鸡了。

就是这个女生说纪得是卖身求职。

大年以后，纪得拿到了一套小户公寓的钥匙。一个女孩子如果吃饭住房全部不用掏钱，那么，她转正后的薪水就可以全部存下来。在她陪伴太古的时间之外，她还接了私活，所学的专业总能够派上用场。找父母借了一半，凑够了首付，按揭20年。

那天晚上，第一个不在家过的春节。不，她有自己的家，属于自己的小房子，再小也是自己的。

那天她是和太古一起过的。在他家做饭吃，她做的东西很简单，太古终于忍不住说，不如我们出去吃吧！是啊！他和她谈恋爱不是为了相濡以沫，可以同甘却不必共苦。

她在那天晚上，说了三个不识时务的字，对不起。

成年人懂得好聚好散。同一屋檐下，渐渐，纪得看见太古有了新女友。上班下班没有车接送，花了十四天，纪得也习惯了。人类行为科学家不是说过，建立一个习惯，只需要两个星期。

不是没有爱。但是不够多。也许就像他们说的，一开始动机不大纯粹的爱，是各取所需。但也有人说，一个人身上的长相、背景、财富、光环、才华，都是这人的一部分，根本无法截然分开。

对那些排列在一起的名词做出高下之分，也是人们各自的需要，没有人只爱赤裸裸的灵魂。但至少再找个人爱，是不是可以尽量对等？她所付出的，已经足够，不需要再付出了。

也许没有人用赤裸裸的灵魂闯荡江湖，但是，靠自己，吃得香，睡得安慰。

23岁的纪得梦想并不算太奢侈，一份简单的爱，平等开始。在她量力而行，扎根这个城市之后。拥挤地铁太痛苦，公交太堵，是不是还要买一辆车？所以要更加工作卖力。

穿过迷途，便是路

1

你还记得自己的童年是什么样的吗？也许你只记得一小部分了。松褐全部记得。

童年的松褐脖子上挂着一枚闪闪发亮的大钥匙，跟着她上学放学，扑腾跳跃。年纪轻轻就学会了炒花饭，大人们去上班，回来晚了，小孩子当然只有自己填饱肚子。寂寞到，松褐开始玩天牛。

世界上怎么会有天牛这么难看的昆虫？从头到脚就写着两个字，恶心。老式小区里的园林花坛紧挨着阳台，杂草丛生，动植物繁盛。松褐看电视，看选秀节目里那些抱着乐器表演的年轻人。

她谈不上喜欢音乐，但她这样乖巧听话的高中生，向往另外那个热情沸腾的世界。不过比起找不到梦想，更加可怕的是寂寞。

举头看见五百万颗星的夏天夜晚，松褐逮住了一只光肩星天牛。她操起手电筒，用锋刃雪亮的张小泉剪刀，咔嚓咔嚓两下，这家伙就失去了触角。

可怜的光肩星天牛顿时惊慌失措，茫然四顾，不知道何去何从了。松褐咕咕大笑，像一头被点了笑穴的孔雀。

等到天牛也被玩腻了，还有栗山。这男孩一丝不苟坐在窗下，写着永远写不完的作业。

如果你也有一个不爱写作业动不动逃课的小伙伴，而这个小伙伴把所有的作业都转嫁给你了，你怎么办？惨不惨？

栗山的表情很淡定，觉得自己所做的，是天经地义的事。做完功课之后，统统签上松褐的名字。

午后溜达出教室，路上拉了个小手，栗山已经满足。

有栗山，松褐觉得寂寞像只猫，她打败了它。见一次打一次，叫它不敢来侵犯，松褐凭借栗山。捍卫了心灵。

2

松褐与栗山他们家毗邻本区的一个夜市，历史悠久，各种吃的应有尽有，广大摊贩烟雾缭绕中，人们就着毛豆和金龙泉啤酒大嚼小龙虾。松褐家的剪刀称手好用，被一个女孩借去剪龙虾了。

买了一堆做手工的剪刀针线和珠子，松褐准备自得其乐，以及给栗山做一串手链，用淡淡碧绿色的天河石。采购完毕已经是黄昏，她在那个女孩工作的摊子上，吃了一碗兰州拉面。兰州拉面到了晚上就变成时令夜宵。

松褐做完了手链，就失去再接再厉的耐心。大大咧咧把几十块的高级剪刀借给了那女孩。

隔了几天，那女孩打包了半盒麻辣小龙虾给松褐，顺便还她的剪刀。好剪刀就是好剪刀，洗过以后，闪闪雪亮一如崭新，毫无污迹。松褐看着满袖子油污的同龄人，问道，“你也不喜欢上学吧？直接就上班了啊？”

女孩只笑，不回答。松褐管她叫琥珀，因为这女孩眼睛像琥珀，带着光彩。她没问出她真名，因为她不肯说。

“你一个星期多少钱啊。”

琥珀眼睛熠熠生辉，反正没考上大学啊：“我一个星期四百块，生意好还有奖金，我男朋友就快大学毕业了，我快不干啦。”

哦，松褐总算搞清楚了，差不多年纪，但别人心里是有梦想的。

后来，虾子退市，暑假结束，趁爸妈不在家，松褐带着痛哭流涕的琥珀，回家洗了个澡，把自己的衣服找了一套出来，给女孩换上。

一只云斑白条天牛漫不经心路过松褐家的窗台，从那女孩的袖子上爬过去，她却完全没发现。

松褐去冰箱拿冰冻的红豆沙，回来时，发现琥珀看着对面窗户发呆，突然跳起来，来不及道别，夺门而出仓皇而逃。

哦，对面的栗山埋头运笔如飞，认真用功，正对着琥珀的视线范围。那是一朝被蛇咬的阴影。

松褐闷闷地自己喝完了红豆沙，又难过又庆幸。勤奋念书的男生，也可能不是好东西。哪怕他曾经发誓大学毕业了就和打工养他的女孩结婚。那男生甩了剔龙虾的女孩，闪电般跑去广东，找了一个家里开着小公司的女孩。泡沫幻灭之际，女孩心碎之时。

琥珀的家人打听到离家的女儿的下落，来带她回去。但琥珀已经再次逃掉了。松褐不知道为什么，也不知道琥珀会去哪里。琥珀家给她安排了好对象，男方还在小镇给琥珀安排了一份过得去的工作。可是琥珀不乐意，她不喜欢那个全无感觉的定亲对象。

是的，别觉得这是二十一世纪，就一切先进文明得很。中国之大，有的地方时髦永远存在，有的地方落后始终潜伏人心，千年难改。最重要的是，你要得到选择的自由，就必须颠沛流离去冒险。

不过，她总算知道了琥珀的真名。爱情不止松褐遇到的这一种，年少单纯，人性来不及显露最可憎的一面。

触目惊心的松褐打了个寒噤，好在她只是个旁观者。

栗山伸个懒腰，放起老歌跟着哼唱：人生是，美梦与热望……

他的热望全部聚焦在松褐身上，对于悄悄改变的一切，全无察觉。

3

松褐收回了全部的依赖。

一个女孩，不一定要把一个男生当成全部的世界。

她开始振作用功，去了一个好大学，急转直下的变故把栗山给搞懵了。不是说好了，功课一般的松褐尽力读个二本三本，只要和栗山都在南方一个城市就行吗？

松褐报了吉他社，跟着一大群同学，嘻嘻哈哈找个露天角落切磋起来。嘈杂的音乐惹得路人侧目，松褐的云斑裙子上，沾了冰淇淋。

她不以为然，开心地弹唱。这是她的生日，她拿了一笔大学社团比赛的奖金。

一切都是自己努力所得，为什么不青春作乐？

落日在风中飘摇，吹着笛子的男孩，一步一步走到松褐旁边。

这一刻伟大得如同开辟鸿蒙。

“你弹得真好，我们去看电影吧。我叫陈桑，法律系的。你呢。”男孩发出邀请。

“好。”“桑少爷，马到成功。”有几个男生挤眉弄眼地起哄。

松褐从来没见过这么多才多艺的男生，琴棋书画游泳电游都会玩。同学叫他少爷，真没叫错。

有一天，桑少爷穿了一件黑色大风衣。

松褐翻过牌子，赫然是阿玛尼。

什么样的学生穿得起这样的牌子？走起路来信心满满，气质盖过众多男同学。

桑少爷大笑，“松褐你别想多了，这件是我爸的，我尽穿他不要的。”松褐相信他。

桑少爷常常请客，一大伙男孩跟着他吃吃喝喝，马首是瞻。他们在学校附近租了一个漂亮的小公寓。

松褐有奖学金和零用，不花陈桑的钱。

第一次认认真真恋爱，松褐希望彼此平等交往。

大一的末尾，消息传开，下学期桑少爷会当学生会主席。松褐总在等着桑少爷回来。

只是大学的学生会，有必要像外面的社会那样吗？

“松褐，我昨天在别的学校看见陈桑了。”

“松褐，你看紧点你男朋友。”

“松褐，你玩不起的。听说他家真的条件很好，女友不停换。你算是最长的一个。”

“松褐……”

松褐心情很坏，一个人在9楼的小公寓里眺望。星光隐退，一片灰霾。这个大城市不是她的家乡，也没有无数天牛爬出来，让她剪掉触角发泄郁闷。

她突然想起栗山了。

从前的自己，说放下就放下，大概是因为，她并不爱栗山。

松褐觉得自己从天上又掉回地下了。

患得患失，像个锱铢必较的商人。

她终于翻看和摔烂了陈桑的手机，像个骄傲的孔雀嚷嚷起来。

“老婆老公叫得真有爱，么么哒嘛。不喜欢就吱声，我马上走，不妨碍你们。”

陈桑就说实话交底了。

“我真的要走了。走之前，玩玩。”

“去哪儿？”

“转学，去北京。”

松褐总算搞清楚了。从一开始，陈桑就只会在这个大学待一年。家里早已为他安排好了。

松褐悲哀得哭都哭不出来，摔门而出。

4

桑少爷消失了。

老师点名时发现空缺了学生，台下解释，转学啦。

松褐也没想到，自己真的遇上了一个少爷。她厌憎这种人。

隔了个把月。

松褐接到了桑少爷的电话，她只听不说。

“松褐，我还是喜欢你的。但我有自己的路。以后你找我，我一定尽我所能帮你的。”

是有这样的男孩，不要了又惦记，觉得不知道自己身份家境，还爱上他的女孩，是好女孩和真爱。

“松褐，你说话呀！”桑少爷终于无话可说，松褐挂断了电话。哀莫大于心死。

后来，曾经和桑少爷玩得好的几个同宿舍男生，收到了他的结婚请帖。没来由的，没人敢追松褐了。

除了栗山。

5

我们历尽苦难觉得无限漫长，但之后长大却只需要一瞬间。

松褐仍然寂寞，就像是童年时代那样。

她搬回了宿舍。

再见到栗山，松褐非常吃惊。

“没什么，我退学了。又考了一次。反正没有我考不上的大学。我就是要和你在一起。”

栗山恶狠狠地说。

换了别的女孩，说不定感动得泪流满面。但松褐直觉判断，像小时候遇到了自己的天牛，触角灵敏摇晃，这种爱情，危机四伏。

松褐只想跳起来，逃之夭夭，完全不给栗山赶上的机会。

逃跑有用吗？低头思索的片刻，松褐坐了下来，说，“如果我现在答应你，还能愉快地在一起吗？”

“我不明白。”

“为了我，你牺牲那么大，到底是爱更多，还是恨更多呢？”

“我不管，我就是要和你在一起。”

“好吧。那现在开始，我就是你女朋友了。过来，吻我。”松褐乌黑的眼珠，有光，也有泪。

栗山愣了。

他走上前，半闭着眼睛吻下去，松褐平静得很，就像自己的嘴巴不过是碰了一下豆腐。栗山突然觉得索然无味。

故人已变，这是个陌生的女孩了。

6

年少时的爱情，是四面八方来的风，吹动我们的心。没什么主见的我们，读一本书，听一首歌，看一段故事，不知不觉就被影响了。我们对爱情的定义和认知，提前被设定了。

然后遇到一个人，为之命运颠倒，悲伤欢笑，世界观崩溃，需要重新修复聚集自己的灵魂。

尘归尘，土归土。穿过迷途，便是路。

松褐收到一张明信片，没有落款，只画了一个笑脸。也许这是来自那个逃跑女孩琥珀的祝福吧。松褐不打算把琥珀的真名告诉别人，因为琥珀大概醒悟了，像这个世界上那些忽然开窍，懂得为自己活着的人。不能依靠他人。

7

其实自己和栗山，是一种人吧！松褐心想。被伤害了，就耿耿于怀。可是，又有什么放不下的？昔日的栗山，变成今日的栗山，然后对她失去了兴趣。

松褐在学校外面兼职做吉他老师，教小朋友的时候，忽然看电视，看到了一个跟桑少爷长得很像的男人。

对了，那是桑少爷的爹。

陈桑的爹出事了，被带走了。

松褐完全没有那种奇怪的高尚想法：我只爱你的人，你家落难了，我就要出现在你身边。

松褐还是给桑少发了一条消息，说了一句“保重”，在她彻底换掉号码之前。

8

松褐休学了，但不是为了陈桑，也不是因为栗山。她决定去做自己喜欢的事情，加盟好友的音乐教室。

松褐有个业余研究昆虫的父亲，一辈子在小城市待着，没什么出息也没什么失落，光肩星天牛、松褐天牛、锈色粒肩天牛、栗山天牛、云斑白条天牛、黄星桑天牛……品种繁多。做父亲的，顺手就给心爱的女儿取了名字。

幼年的松褐极其嫌恶父亲这种偏离主流的审美趣味，而今不了。

它们一样从粒状的童年开始长大，进入险峻的世间，东奔西跑。

没了残酷的人类剪去它们的触角，它们想必在屋顶或树梢，阳台或瓦盆，嗅着天地万物的气息，辨析自己的心，觅食谋生，也猎取属于自己的爱。直到她的触角，找到另一个和自己气味相投的天牛。

人生是美梦与热烈的希望，不管是恋爱还是工作，成王败寇。很多人失败了，就一股脑推卸给童年阴影。

但你要打败你的童年，再成为最好的自己，谁也不例外。

列车穿过山间隧道，穿过湿地湖泊，穿过城市乡村，抵达目的地时，松褐在心里说，北京，你好。

不管走多远，有爱就不会累

那只小狗教我的事

多年以后，不如怀恋

永远无法到达的回信

掌心的温度

别畏惧时光，你总要成长

愿你恰到好处地生活

第五章

你值得被世界温柔以待

不管走多远，有爱就不会累

第一次见到我的堂妹，她七岁而我十几岁。

看见她的耷拉的比一般小孩长的耳朵，我很是吃惊。该不会是一只兔子投胎的吧。见到的时候，她一个人窝在被子角落抽着鼻涕。正是她的爸妈在吵架。我像个大人一样，来，牵着她离开那个喧闹的场合。让大人们去吵吧！我带的礼物恰巧是当时最流行的大白兔奶糖：给，都给你，不要哭了。

就那么一次，从此她成为我的小跟屁虫子。

哦，她是知道我对她好的。

渐渐，我们住到了一起，她搬到了我身边。怎么赶也赶不走。我放学了回家，跟谁玩都甩不掉这个小尾巴，这个时候，她的亲生母亲已经确定要离婚。所有人都疏远破碎家庭的孩子。她是没人可怜的孩子。有人笑话的时候，她更加往我背后钻，我乐得充当她的保护伞。

后来，她有了一个新的妈妈。新妈妈最初是热情的。所有人都看着，看着日子会怎么样过下去。我在心中暗暗地祝愿，她会是一个好妈妈，我可怜的小妹。

只是，她或许不幸。新妈妈很快在嫌弃当中走掉。这个时候的小妹已经上了高中，我站在家里的门口，看着已经有我肩膀高的妹妹，再也不好意思，牵着她的手，一起去大街小巷转悠了。站在我的旁边，已经是少女的身高了。她不再问我语文数学的问题了，她的大学毕业工作了的大哥，也早把那些东西忘记得半点不留。

一个月前，为着工作的烦恼事情，她打来电话，我没说上三句话就挂了。

那天下了班，天越来越黑，空气也越来越冷。回到住所，泡了咖啡准备熬夜。

晚上十一点的时候，电话忽然响了，居然是小妹又打了电话来。

“哥哥，工作的事情，总是有烦恼的。我知道人都是这样的，总是要遇到很多事情了。虽然不想遇到。不过，放松放松总是好的。”

我忍不住笑了，“你还小啊，说什么大人话，一套一套的。现在的小孩真是，都早熟的很。”

“已经不小了。”

“可在我眼睛里啊，你就是当年那个小兔子一样的丫头。”

“呵呵”，电话那头是这样的笑声。不反驳也不赞同。

我问，“过节的时候，我回来，你想要什么礼物？”

“不要了吧，你记得给伯伯带就行了。”

“伯伯一个人在家很闷的。”妹妹口里说的是我的爸爸。

我一直答应她，给她带一个随身听。但是我一早也说了，不是很高档的，你的老哥现在还没有能力带给你好的。

再后来，她上了大学。电话里说的话，还是老样子的内容，口气却变了。

“累时就闭闭眼”“你要学会休息，闭上眼静静思考，会有灵感的哦。”她一句话一句话地传过来，电话那边无比嘈杂，但我每个字都听得清清楚楚。仿佛她已经长到了足够照顾别人的年纪。我大声问：“你的宿舍里的女生怎么都这样吵闹啊！晚上睡得着吗？”

“不要紧，习惯了。你去睡觉吧。都累了一天了。”

“好，你也去吧。晚安啦！”

挂了电话，我在心里不断回味着她的问候。“已经不小了”，是啊，已经不小了。

那晚的城市，寒流踏着天气预报的脚步来了。我加了几层被子仍然觉得冷。但是电话过后，我能够感觉到自己在笑，就好像被冻僵的一个人，有人端过来，一杯滚烫的姜糖茶。先是暖了手，然后是暖了胃，最后是暖了心，然后脸上也是笑了。

小的时候，是我照顾她保护她，现在，已经是她叮嘱着我了。

就好像是一转眼的时间，那个没有母亲，父亲是聋哑人，可怜得要命的小女孩，已经十六岁了。又一眨眼，十八岁上了大学。也会安慰人了。那个有着兔子一样的耳朵的小女孩，因为一包大白兔就被我收买的妹妹，就这样长大了。已经学会安慰她那个在异乡的城市里，一个人漂泊的大哥了。

岁月真是无法想象的一件事情，从前，牵着我的手舔着鼻涕的小丫头，居然已经知道什么叫感伤，什么叫关怀。

一辈子就是这样地长大的吗？

生命当中，那些在岁月里不断传递，不断接手过来的亲情，究竟是怎么样发芽，然后成长为自己都无法想到的巨大温暖？

再说说老爸。那年，他在广州工作，打长途电话来。他问："衣服穿够了没有？"太习惯他的斩钉截铁的问题，当然也就习惯地，用老套路来敷衍掉。

"够了，我穿了好多的衣服。"

"这就好，一有大的温差变化，就多穿点衣服。天气预报，你这边的天气要降到多少度，某某寒流马上要到了。"

我有点烦了，有个唠叨的老妈就算了，连带老爸也变得日渐唠叨了。就抗拒地回答："有，当然有。我又不是小孩了。当然记得要多穿衣服。把手机放在口袋里，去赶公交车。"

事实上，我确实是没有穿够衣服，丢三落四马虎惯了。

在公交车上，风一吹立刻有点头晕，胀胀的，鼻子开始堵塞。手机再次响了，“喂”，讲话的时候，我鼻子的声音立刻传了过去。那么的细微，还是被察觉了。

“你看，不听话，没加够衣服。还跟小时候一样，听不进去。”

我还在狡辩：“鼻炎又犯了！所以鼻子有鼻音，不是感冒！”

“晚上给我回个电话，做好保暖，不要偷工减料。”

我忍不住笑了，老爸说话，活活就是当年做小领导的口气，命令似的，不容违抗。

我无奈地答应着。

关上手机的时候，确实有点着凉，我忍不住打了个哆嗦，一个喷嚏。我们的爹妈啊，自己的孩子在什么城市，那个城市的温度，他们必定是最精确掌握的人。就算他看不见，他也可以听得出来。

那也许就是我们在人世上，走上一辈子，都不会觉得孤单的信心与勇气。这就是我莫大的幸运，我在这个城市最为寒冷的冬天，都不觉得冷。我们因为有了这样的亲人，就算走再漫长的路，走得再远，我们都感觉自己不会太累。

那只小狗教我的事

带阿福回家，其实很意外。那是我大学毕业没几年时，某天陪一个朋友去逛武汉大学附近的花鸟市场。

他主要是去买兔粮，我则当出门散步。

其他的狗都很闹腾，挤来挤去还逗闹撕咬，唯有阿福静静地蹲着。

我和阿福视线相会，它忽然抬起前腿，搭拉在笼子上，目不转睛看着我。

不到半个小时，阿福就在一个大口袋里，被我拎回家。这经历，好像大明星没有出名前，陪朋友去参加比赛，结果自己入选了。我也不管那么多，阿福一双黑亮的眼睛，说服了我。

至于为什么要取名叫阿福，其实是因为很俗气的理由。我有时候买中国福利彩票。于是，我抓着阿福的前腿，看着它说："你就叫阿福吧。带给我好运，让我中福彩。"

阿福叫了两声，摇晃几下尾巴，很高兴很乐意的样子。我哈哈大笑，对阿福说，"中了就给你买肯德基吃。"

其实没中，我也带了肯德基给它吃。吃饱了的阿福，就是个地道的跟屁虫。我走到哪里跟到哪里，时时刻刻都摇尾巴。

不知道什么时候开始，养宠物的人越来越多，小区里天天都可以看见各种遛狗的。有的是英俊的金毛，有的是潇洒到长毛飘飘的牧羊犬，有的是活蹦乱跳走卖萌路线的泰迪。

我家阿福……按本市的方言，阿福是个地地道道的混血串串，我带着阿福出门，有点心虚了。带它出去，很不威风。

虽然说攀比之心要不得，但是论起外貌来，阿福的确是输给那些血统纯正的同类。

尤其搞笑的是，阿福这个家伙，在家吧，还有点欢实，一出门遇到别的狗，就胆小如鼠，躲在我的两腿之间。

好吧，串串就串串吧，我心想，但这种狗有着中华田园犬的优秀品质——忠诚和不挑食。

养宠物的人都喜欢把自己和家里动物的关系，当成亲子关系。我和我家阿福的关系，本质上相反。

阿福同学和我的关系亦师亦友，虽然阿福是一只动物，但是和动物相处，它不会戴面具。我从它的身上，反而有所启悟。

它不满了，就大嚷大叫。它饿了，就要吃，它牙痒痒了，就咬拖鞋。它冷了，就往人身上靠。别人对它好，它就跟人撒欢。阿福又是诚恳的，对我的好，一览无遗。

阿福来到我身边，优点毛病都是一大把，毫无掩盖。贪吃、爱磨牙咬东西，不高兴了就表现出来。阿福至少咬烂另外5只拖鞋，而且常常还把拖鞋藏一只起来，导致我起床单腿跳，到处寻觅，气得很想揍它。不过我忍住了，因为听养狗专家说，这个时候不理它，让它自己意识到错了比较好。

许多人做不到小狗这样本真。

我们一开始努力呈现自己最美好的一面，给女朋友看，给男朋友看，给同学看，给朋友看，给老师看，以及给观众看。渐渐我们放松懈怠后，就显露出本来面目，于是彼此开始失望。

如果我们最初就能像小狗一样，会否相处得更加好？至少，各自的想法做法看法，真实意思是什么，各自可以认真用真实的自我给予回音。而不是彼此误解虚耗生命力。

我们本当用真实的自己，相互砥砺磨合。恋人慢慢成为坚固的恋人，家人慢慢成为融洽的家人，友人慢慢成为坦率的友人。

我爸每次来家里，看见阿福的时候，都会笑眯眯对它说，绝对不止做一个火锅，两三个火锅都绰绰有余。

我乐了。我爸这个人，心肠其实很软，故意开玩笑的。

阿福听到说要拿它做火锅，照样吐着舌头，兴高采烈，缠着我爸跟它一起玩。

一个周末，我把阿福拴在阳台透气，给它戴上自己特制的柔软口罩，出门去银行办事。

回来，阿福不在了。我反复检查了狗链，不像是被咬开的。难道是自然脱落的？

一个可怕的想法冒出来，该不会是被偷了吧！我急匆匆地去小区的物业保卫室，请求他们调出录像。保安找出那个时间段的录像，一点点定格检查，没有发现阿福的踪影。

我无可奈何，沿着小区的小径和主道，一遍一遍转圈。找不到。阿福又不是什么值钱的名犬，会有人偷吗？该不会有人想吃它吧？我回到家里，唉声叹气。许久之后，我听见了敲门声。打开看，是一张陌生的面孔。那人解释说道，她是住楼上的邻居。我的狗在她家。

这是怎么回事呢？我大惑不解了。

邻居开玩笑："人家说狗拿耗子多管闲事，你家的狗啊，可真胆小。"原来，阿福被户外草皮中的老鼠吓到了，惊慌失措跳着翻动，结果把狗链的绳索绑到脖子上……

邻居在楼下收晾晒的衣服，施以援手，解开后，又担心狗到处乱跑出事，看我不在家，于是带着阿福到自己家里暂时待着。

我说："它还乖吧！"

"你的狗这么胆小，我带回家，它就一直在角落躺着。"

我松一口气。

如果不是阿福闹出这么一出，我还真的，从来没跟楼上的邻居说过话。城市居民都有点偏向自我防护，以冷漠保护自己。这一次，我和邻居熟悉起来。

就在当年的十一月初，我接到了一个电话。是朋友介绍的新工作，很适合我。但公司却在广州。我必须重新租房，也不再有闲散时间。

我也不能把阿福交托给父母，因为他们上班的时间限制特别严格。他们住单位宿舍里，也不容许出现猫猫狗狗。我头痛了。

我开始给阿福寻找下一个主人。再问身边的朋友，答复大同小异，养动物的时间精力，太浪费了。

我去问宠物店，只接受一个月内的寄养。

想来想去，只有靠狗贩了。

“是什么狗？”

“差不多8个月大，我养了5个月。打过疫苗，性格很乖……是一只普通串串。”

我还没说完，电话那头就说“那算了。”

我把打印好的小广告贴在小区热闹的路口。始终没结果。

眼看着工作单位电话催促，尽快去就职。第五天的时候，母亲告诉我送出去了。

几天后，我悄悄去了城中村那边。

远远地，我看见阿福躺在一堆废品杂物中间平坦的地方。它在晒太阳，晒得懒洋洋。脖子上系着一圈绳子，绑在房屋的一根柱子上。

收养它的，是一对在城市里开回收店的夫妻。他们有个儿子，希望养狗解闷。

我看见阿福和那家的孩子，在一起玩。那孩子还小，骑在阿福背上，哈哈大笑。然后又抱着阿福，拿自己的脑袋和阿福磨蹭亲热。

那曾经是我和阿福之间的必修课。

再后来，外出半年，城中村改建收尾，店主告诉我，老婆孩子和那只狗，先回四川的老家了呢！

我忽然松了一口气，它应该过着另外一种截然不同的生活。在那里，没有口罩，没有常常关在家里的拘束，不必仰仗主人养活。在城里，出门了，主人不在，小区道道门禁拦路，归不得家。离开城市，去往乡村。村子前后广阔的田野，自由自在。

阿福，再见了。但我会记得，你教我的那些事。

多年以后，不如怀恋

忍耐住相见，保持克制地怀念，是一种属于自己的炼金术。怀念是提纯，从过往的岁月众多印象声容当中，擅自截取最乐意享有的段落。有时候，为了尽量符合个人的所需，不自觉地加工修饰，在所难免。就像是一帧自己的照片，使用修图工具调整滤色、曝光量、色相和明亮度，尽善尽美到令自己感动陶醉。那是一种深深地沉湎，美好如斯，不可惊扰。

沿着林荫道路缓慢而带着微笑，骑着脚踏车朝你滑行而来的男生；大雪的圣诞夜，等候在一家店子门口的女生，搓着小手，呵吐着白色雾气，微微冻红的鼻子，可爱的面容。年少遇见的铭记，日后就成为你心之相册里，一张高级艺术剪影。

怀念对象的美感恒久不散。再往后，可能笑容模糊背影淡化，但是，那种初次被爱神眷顾的心动，却不会消弭。

在你因为一草一木，一条围巾一封旧情书，一个舍不得丢的手机挂链，一圈退出流行的大头贴合影，展开怀念时，带给你喝到世界上最好香槟一般的悠长忧伤与甜蜜。

时光不断前行，你将素材，通过怀念锻炼成私有的黄金。

相见则刺激你的占有欲，使你欲望重新燃烧，渴求再度被唤醒，但命运与时光改变了现实的条件，生活，物质，求学的环境，还有前途未卜的不安定，将剧烈地折磨你。啊，那个你没有完全拥有的人，我是否又有机会获得他/她？

相见不只是不如怀念，相见更是人生彻底的破败。因为年少的状态不可久持，青春实在美好，最好的年纪犹如好牌在手，不得不出尽。往后，就是肉身灵魂共同的衰老。比起容颜的摧残，灵魂的粗糙和庸俗，更是滔滔逝水，一发不可收拾。

十六岁一个吻就会脸红心跳的少年，后来可以酒吧里调情带女人回家，早上起来忘光昨晚说过什么。十四岁暗恋某个学长，眼眸纯粹神圣如北极光，有过几场恋爱，伤过几回心，分过几次手，而后换男人如家常便饭。化妆术日益高明，眼霜推迟皱纹，神仙水掩盖疲惫，唇膏隐瞒憔悴，粉底虚构光洁，恋人，算了吧，要么宝马华服，否则保持距离。

灵魂变了，外在也变了，还要相见吗？再相见，所继续的故事，还是曾经的主角吗？不是。留在记忆的年少主角，被残忍地打烂，碎一地凌乱。

怀念维持最初的瓷器或金属一般的品质和境界。相见打碎瓷器，重新锻造出一些四不像的，成熟游戏的玻璃制品。而安于现状的我们，丧失了精力和时间，没有了付出代价的资本。时间太不够用，恋慕需要耐心和全身心投入。

相见是回到现实，亦是面对真实。怀念是审美，亦是保留梦想。爱情或世间万物万事，不外如此。

世界那么沉重现实，我们难道没有受够？

多年以后，不如怀念。

永远无法到达的回信

依稀记得是在2007年的事情。那天我照旧去杂志社上班。在一堆投稿信件当中，发现里面有一封与众不同的来信。信封的尺寸和样子，很俏皮。我隐约觉得这肯定不是来稿。

拆开来看，你称我为哥哥。我忍不住乐了。

信中文字，也很俏皮。我之所以收到这封信，源头是我们的笔名相似。那些年我也写了一些专属于青春主题的故事，大部分是爱情的。

很多杂志编辑分不清楚这是两个不同的人。有时候把你的文章署成了沈嘉柯。有时候把我的文章署成了沈熹微。

就这样，人海茫茫，我们产生了一种奇妙的，小小的交集。

我印象中，你常常写的《花溪》杂志，我偶然写一点，闹过这个乌龙。当我收到寄来的样刊，发现署名被弄错了。我一直是一个非常散漫的人。错了就错了吧！也没什么，就没有去找编辑提这个事儿。

但是没想到，会收到你给我写了一封信。那个时候，你的年纪还小。你在信中说，读者和编辑总是把我们弄混淆，要么以为我们是一对写字的兄妹。解释的次数多了，你干脆就直接承认了。

嘿，这个妹子，有点小幽默。

就这样，我们认识了，通过这种传统而古老的联系方式。然后我们加了QQ。聊起天来，知道了彼此各种的情况。

因此，我也知道了你的病情，那种折磨着你的关节病。再后来，你没念完大学，也去了一家杂志，成为了编辑。

我们的笔名，继续被各种杂志弄混。有一次，《青年文摘》杂志转载了你的小说。署名沈熹柯。我们按照达成的默契，在有编辑同行怀着八卦之心来问的时候，回答：对，沈嘉柯是我哥；对，沈熹微是我妹。

这样最省事。我们都懒得去解释。也或者，之所以被混淆，大概文字深处总有点什么东西，是相似的吧！

其实，我大学时代就专心写着那些挥斥方遒的评论。去了杂志社工作，发现评论稿费太低，小说稿费挺高，才动笔写那些爱情故事。写的过程，忍不住认真用心了，意外博得声名。

大学毕业，原本我打算去报社。那我当然不会写什么爱情小说，也不会有沈嘉柯这个笔名了。我们也就不会有这么一点点古怪的交集。

我们保持着这种非常淡淡然的文字交流。有时候开开玩笑，有时候，你来收稿。在你做编辑的时间里，我又给你写了一些稿子。

我骨子里，并没有兴趣再继续写爱情小说。

对我来说，一个粗枝大叶的男生努力编爱情故事，其实真的够呛的。但我想支持你的工作一下。

后来，你继续写着关于人世间的爱情等等的文字。我则去写一些散文随笔了。你的病情，反复发作，有时候告诉我，挺过来了。有时候又忽然联系不上，让人揪心。

有一年，我打算去云南见你一面，没想到我患病大半年，未能成行。再后来，我离开了杂志。彻底成为了自由散漫的人，越发独来独往，孤僻。

不过，突然冒出了微博，大家都热闹起来，相互关注。我们就在微博上，继续淡淡然的文字往来。

我们总是深夜在微博上碰到，跟你聊天的方式，就像对待常人一样。胡扯闲聊，开几句玩笑，不谈生死和疾病。

其实，我是刻意为之。总是被问候病情，对你来说，未尝不是巨大的压力。我自己，我身边的诸多朋友，各有苦难。但我深信，如常待之，对于承受苦痛折磨者来说，反而轻松一点。

你愿意提及病痛时，我就听下去。如果不愿提及，那我就不去谈起。总觉得你是个勇士，在人间还有几十年驻留。

2017年1月8日，你撑到了丁酉年，但还是走了。那天出门坐车，翻开手机，突如其来的消息，突如其来的潸然泪下。

一切皆会走到尽头，人都会归于无。哀伤总不能避免。但我想记取你泛出笑容而又平静的那一部分。

认识你，从你写了一封信开始。

至此刚好十年，生死作别。现在，我也给你回一封信，就请你在天上查收。那些短暂美好的，我也记下了。

就像你所说的，记下那些短暂美好的，对他人对自己，都是安慰。这是你在人群中消失以后，存放在我这儿的一些小小碎片。沈熹微，再见。你的书，是你仍然活在世上的一部分。

掌心的温度

1998年，16岁，稀里糊涂的中学生。

在某一次的调整座位时，我跟一个之前完全没往来的女生同桌了。

这个同桌女生对我很好，主动跟我聊天，完全没有新同桌的生涩感。我是个有鼻炎的人，冬天尤其严重，发作起来难以呼吸痛不欲生。是这个女生告诉我鼻炎跟感冒之间关系密切。她说的要点，至今我还照办。她说，要注意戴帽子保暖，头部保暖了，就不容易感冒。但当时我已经感冒了。我中午去吃饭，回来的时候，发现给我去买了感冒药。我很惊讶，感谢她之后，我吃了感冒药，午睡片刻后，整个人舒服多了。是的，我因此对她有好感了。

我记得很清楚的是，她的脸上有几点雀斑。

感冒药事件之后的某一天晚自习说要跟我玩一个游戏，掌心对掌心……嗯，我对了。但是仅此而已。

后来我去念大学，事后追想，我猜那女生其实是想跟我来点什么。

遗憾的是，这个世界上有些人年轻时比较迟钝。我只觉得，这个同学真不错。

我听说那女生复读了，于是在大学里我给她写了一封长信。这封长信石沉大海，杳无音信。再后来当然再也不会有任何联系。一来完全失了联系，二来，人就是随着河流而去的存在，不断改变，并且去喜欢别人，被别人喜欢了。

1998年，我其实想和这个世界上的你谈一谈，谈谈恋爱。

重返少年时，在那个晚上，教室内燃着各种蜡烛，熄灯后还在拼命用功的同学们，搞得氛围相当浪漫。我们掌心对了掌心之后，会这样发展下去。如果我开窍得早，懂得她的行为表达的含义。我会对她更好。所以，我们或许应该悄悄一起脑袋跟脑袋靠的更加近，手跟手拉起来，然后，或许可以嘴巴跟嘴巴也碰一碰。再然后，其他人会开玩笑说，某某跟某某在一起了。我们真真正正交往了，是为初恋。

但据说回忆最容易使人产生自恋幻想。那么，会不会记忆都被我扭曲了？只有天知道。

那些没有完全发生，处于生长期而凝固的东西，只有一种东西可以类比。那就是琥珀。松脂的化石，凝固了当时的昆虫或别的小生命。琥珀凝固的不是时间，而是某一个状态。时间继续推移，赋予状态意义，年深月久，成为化石，越发渗透光泽。

但在我重新记取过去时，我不愿意拿来与当下对比。我只愿提取那些赤子之心的爱慕，我喜欢你，你可喜欢我？

这在我们的生命中，可以用来证明一件事，无论如何，至少曾经，你在这个世界上被人真心对待过。这还与一些专属名词匹配：单纯、简单、美好，或青春。

此后的岁月，你我还是应当发自内心去爱一个人，就像曾经被人真心对待过。你与我，也值得被真心对待。

许多年后，我掌心所能感觉到的对方掌心的温热，渐渐得以重温。

别畏惧时光，你总要成长

我有个大学同学，女生，长相很像美国电视节目脱口秀女王奥普拉。嗯，奥普拉什么样自己去搜索。这位整个大学生涯都是特别普通的女生，在大三那年，忽然有人看见她跟我们的英语教师手牵手在逛街。补充一下，那老师真的挺矮，男女身高居然刚好相等。闲言碎语小道八卦传出系里，还听说领导找男老师谈话施压。多年后，我在回家路上遇到英语老师，问他近况，他笑容满面说自己还在任教，那女生一毕业他们就结婚了，买房了，生娃了。

另外有个大学同学，这女生是班花，据说女生集体不喜欢她这个人。男生们呢，也没人追到她，得不到的当然也容易非议。我曾经约过她一次，那次我们吃了火锅。她说她挺努力去跟同学们，尤其是跟女生们改善关系的。但既然作为一个习惯高调的人，没法让所有人喜欢，那就没办法了。没多久，她做了一件豪迈无比又温柔动人的事。在那年圣诞节，全班男生分别收到意外惊喜：一张她手写的贺卡，导致男生们那天心情统统美得不行，浮想联翩。至今在我脑海里，深刻鲜明。她这算是彻底得罪了全体女生，衬托得其他女生清静无为，黯淡无光。毕业多年后，我跟另外一个大学男同学提起她，眼睛发亮，像是在回忆一段传奇。还有个女同事，离婚多年，四十多岁，英文不通，基本是零，有一天她在交友网站认识了一个美国佬，然后他们开始交往，恋爱，没多久结婚嫁到美国去了。去年回家办手续的时候，我们问她，什么，网上认识的？你不怕吗？你们语言不通你又不会英语，怎么沟通啊，就不怕人生地不熟吵架了你都走投无路。这女同事说，英语不好慢慢学啊，平时吵架生气她就使劲“sorry”，“honey, I love you”。对方就笑了。我们实在是太佩服她的勇敢无畏，复杂简单化。结果就是这样，我们白操心担忧了，她过得挺有滋有味的。

这世界向来如此，循规蹈矩者也没什么不好，只是永远没有勇者那样容易成就一段物语。物语也就是故事的意思。他们这些勇者，都是有故事的人，中国版的形容词是彪悍。

被讥讽的师生恋又如何，修成正果了他们去过自己的日子。就知道跟男生搞好关系又如何，闪瞎群众的眼大家最后也不过是闭嘴。女人四十了又怎么样，照样网恋结婚，还漂洋过海。我们记得他们的故事，谁会记得我们的故事？

大风吹，吹净人生表面的浮尘，显现真相。勇猛活着的人，也不一定比循规蹈矩的活得更好。他们只是非常率性和自我，在自己的物语里，成为了勇者。

愿你恰到好处地生活

我认识的钟桥是一个很特别的富二代。

在小的时候，他被要求学习钢琴、外语、唱歌，等等，国外读了两年书，在亲戚家的公司待着。

他的家人力图把他打造成一个优雅的男生。

我在一些比较高级的场所看见他的时候，他特别谦虚安静。给长辈们倒酒，给我斟茶，给旁边的女孩子拉开椅子。有一次在机场碰到他，他刚好送一个朋友出发去外地。而我，刚刚下飞机准备回家。

回去路上我蹭了他的顺风车。他开的是一辆中规中矩，略有些旧的别克。

我们大概是多见了几面，他觉得比较熟悉了。

那天下了一点小雨，而且是黄昏时刻，从机场开回市区，已经是天色暗黑。

他跟我说，“你是一个作家，又懂心理学，我想讲讲自己的故事，你想听吗？”

我说：“想啊，你讲吧！”

他就说，其实他的故事很简单。每天晚上如果没有什么工作的事情，他会开着自己另外一辆车，在本市三环线上狂飙。

我见过他的另外一辆车，那是一辆玛莎拉蒂。

我问：“然后呢？”

他说曾经他带着一个年轻的女孩，车上放着红酒。他的速度开到极致，真的是风驰电掣。那一瞬间，他忽然觉得，身边有漂亮的女孩子，手边有自己最喜欢的酒，深夜的超限车速，仿佛能穿越一切时空，看一切景物都变得影影绰绰。一股巨大的快意充斥全身。

这听起来像是一个炫富的故事。

但是他接下来说的是，他觉得他很想在这种无限快意中死掉，而且一点都不觉得遗憾。

他问我，他这样是不是心理有病？

有一次我去南京旅行。深夜一个人肚子饿，我就出门，在附近的街道寻找有东西吃的店子。那个时间段已经接近凌晨12点，店铺都关门了。就连几个零零碎碎的小摊贩也开始收摊了。我放弃了吃夜宵，原路返回。一个大妈骑着三轮车，拖着卖桂花鸭的玻璃柜，在晚风中慢慢地踩着脚踏板。她在前面慢慢地骑，我在后面吹着风慢慢地走。我看得出来，她忙碌了一天非常疲惫，面无表情，玻璃柜又破旧又油腻，那是常年使用的痕迹。大妈的家可能比较远，走了好一截路，我都快到了，她还在往前骑车。这个大妈突然哼起歌来，是一首很老的民歌的旋律，后来她进入状态，把歌词也想起来了。

她越唱越有力，三轮车越骑越慢，声音在夜空回荡，整个人格外投入，她几乎物我两忘。

我一直听她把歌唱完，又重复唱了一遍，才折返酒店。

骑三轮车的大妈，唱完了歌以后，似乎一身轻松，面孔上冒出笑容。她回到家里了睡一觉，明天又会出门做生意，卖起桂花鸭，赚钱养家。她的年纪，孩子应该十几岁，丈夫也经济状况很一般。

开玛莎拉蒂的男孩告诉我，他真的迷上了那种飙车到想要瞬间死掉的感觉，很过瘾。所以他常常这样深夜飙车，并且瞒着父母。

他的父母有大笔的产业，希望他继承。他却无所谓。

他家当然不止那两个车，只不过他爸爸要求他平时出门只开最便宜的车，担心他被盯上被绑架。

他觉得，自己的父母已经赚了不少的钱了，还在忙碌想要赚更多的钱，活的真累。赚钱那么辛苦费心，他没兴趣，他已经很满足现有的物质生活了。

男孩说，“如果我哪天车毁人亡，你别觉得诧异。我觉得那其实是一种挺好的生命结束方式。”

每当我想起这个男孩，同时就会想起那个大妈。

一个快意，一个慢歌。一个想死，一个谋生。

我猜，肯定有人讨厌这种富二代，想死就让他去死好了。也肯定有人心中对大妈抱以怜悯。

男孩和大妈，就像是“痛苦”和“无聊”，共同构成了完整的人性。我们在谋生的痛苦中，日复一日的劳作里，用各种手段安抚慰藉自我，唱歌是抒情治愈，也是放松歇息。我们心中有一个遥远庞大的想象，我们会过上好日子的。

我们在充分得到满足后，会无聊。于是又会追求更强烈的快意。强烈到想在最美好爽快的刹那死掉。就像日本的死亡美学，花很好，月也正圆，心爱的美人在侧，一切都心甜意洽。这个极好的时刻，不如就愉快地死掉吧。

在南京的夜晚，其实，我心里也有一个念头，就当作是陪着她走一段夜路。她的歌声，别有一种细微的动人。

而那个男孩，我跟他说，你下次请我吃大餐，我会告诉你答案，顺便把你写到我的书里，换钱。

他笑着一口答应。

他后来请我吃饭了，但没有再谈到那个“是否有病”的问题，我也没有对他旧事重提。

这个故事，我就讲到这儿吧。

无论你是像这个男孩，还是像这个大妈，还是介乎中间的普罗大众，愿你了解富庶丰盛的无聊，也了解平凡贫穷的痛苦。

愿你勇猛精进，也愿你平和喜乐。

愿你恰到好处地生活。

你选择什么，便成为什么
我们这一代的怕和爱
梦想的传承
道阻且长，心安而后定
孤独的真相
以梦为马，诗酒趁年华
人生唯以无常对无常

用稳稳的幸福，来抵挡生活的残酷

你选择什么，便成为什么

人生有巨大的不确定性。

我从小就挺宅，不爱跟其他孩子玩，17岁那年开始，我在法律系的教室，听到各种故事，很多让我瞠目结舌。大学时写作很顺利，也只是笔头功夫。

然后毕业去了一家心理学杂志。我纯属好奇。

我并不知道，这会打开了人间的潘多拉盒子，见到深深海底才有的奇异斑斓。

当时，我的单位硬性规定必须值夜班接咨询热线电话，当然了，夜晚回家不方便，会给50块钱的车费补助。

我们好几个同事不乐意，说，为什么不邀请社会义工参与呢？

领导回答，社会义工根本没有知识背景，有的自己都有问题，不像你们天天熏陶，有基础。

但是当时的我们，写一篇文章几百块，谁也不乐意浪费时间在这件事上。

不过，我又有一点好奇心。我之所以选择这家杂志工作，就因为怀着对他人的好奇心。说得俗一点，其实是一种写作偷窥欲。

说不定有精彩故事呢！

就这样，我怀着不满，讨价还价协商后，愿意一周接听三次，并且增加我的编辑版面，相当于间接提高补助。

在深夜，我开始跟全国各地无数千奇百怪的人谈心谈人生。各种你能够想象到的奇葩人士边缘故事，时间久了，便司空见惯。用术语来说，叫脱敏。

比如动不动就有人打过来，哭着嚷嚷要自杀，准备放弃一切。至于失恋的，被父母抛弃的，说自己破产的，层出不穷。

有的故事，让你难过落泪；有的故事，让你愤怒。但这些情绪都得控制好。一般我会接到了问题，按照电话咨询手册的标准回答来应付。应付不了，请他们接着明天打电话。

也有纯粹是无聊搞笑的人，电话一打过来，就唱歌，问我唱得好听吗？说自己有个梦想，成为歌星。我只能忍住笑，闲聊几句，建议他不要耽误他人宝贵的求助时间。

当然了，我会把搞不懂的问题，隔天询问那些知道怎么回事的。

后来我又玩票性质当了半年记者，一会儿飞去北京采访高级官员，一会儿去小城市参与医学会议，一会儿去山村了解最低层人的生活。

最终，我变成了一个见多识广的人。

后来，我去很多的大学和知名企业做讲座。

登台讲座浑然忘我，从不紧张，效果奇佳。自己都想不到，当年接热线电话，会锻炼好表达能力。

那些我不喜欢的，我厌烦的，我抗拒的人生阅历，一点点构成了我。不知不觉，居然功夫就上了身。一出手，还很惊人。

十来年以后回顾，发现自己做过很多事情，有过很多积累。

不管是压力之下被迫去做的工作，还是凭自己兴趣爱好去客串的事情，我都去做了。

十年前我扇动翅膀，构成了当下的我。

有个老友，现在做编剧，跟我聊天，说起对一件事情的感慨：2008年的时候，在一本给年轻人看的杂志上写东西，当时有个模特歌手在上面开专栏，到了2014年，这个歌手靠演戏开始走红，而且红得一塌糊涂。未来确实让人难以预料。

如果李易峰当时熬不住，转行了呢？如果李易峰太迟钝，一直唱歌一直跑龙套，没有学习也没有进步呢？

他的颜值一直都很高，为什么必须等到一部受欢迎的电视剧，才红起来？还有的人演了很受欢迎的影视剧，却依然不红。

这大概说明，颜值只是个基本条件，必须拿出作品来。

有了作品，也只是一个契机，还必须融合时机运气。这个时候，他的颜值获得了最大化的发挥。

我最近还常常看《金星秀》。这个人的生命太过传奇，她跳了半生舞蹈，年轻时候恐怕也没有想过自己会开脱口秀，还那么红，国内电视节目同时段收视率第一。但是，她出国的经历、跳舞的经历、打工的经历、遭遇飞机上歧视国人的空姐的经历，最后都变成了她脱口秀的重要内容。

没有这些多年积累的东西，她拿什么来秀？

有一部电影叫《蝴蝶效应》。当时看的时候，是当科幻片看的。但多年以后，我却另外有看法。伊万总希望能通过改变自己的过去，来造就满意的当下。但事实上，过去就是过去，牵一发而动全身。

男主角每次回到过去修改，都会导致一连串的时空扭曲，事情的发展跟着改变，失去控制。

蝴蝶效应的故事源头是气象学家，说南美洲的蝴蝶扇一下翅膀，通过种种因素，就可能引起亚洲地区的一阵台风。

这个故事本身在气候学科研究里，是不大被承认的。蝴蝶扇动风暴的概率极小，受很多因素影响。

但对于人生来说，正是被一个一个的转折所造就的。

人跟昆虫不能机械类比，人的力量和未来，一旦开窍上道，汲取知识和智慧，勇猛精进，不可思议，超过想象。就像普通师范大学毕业的马云，奔波推销网络黄页的时候，不可能预估到今天会坐上的中国互联网企业老大的位置。我们在这世上，选择什么就成为什么。你是什么，你便选择什么。

人被塑造，也自己塑造自己。做过的事情涌出的念头，构成了此时此刻的我们，再走向下一步。

十年前，我是一个怀有好奇心的人，我也是一个想要摆脱既定生活的人。

我放弃父亲本来找过的关系，没有去枯燥的单位上班，我放弃了一个网站大佬的邀请，去了心理学杂志，想搞清楚心中的各种困惑。我很早就买房，然后又放弃工作，选择自由职业。

就这样，我一步一步变成了现在的自己。

如果当初我完全拒绝了深夜值班电话，或许就一直埋头编辑稿子沉浸写作，不怎么跟外界进行语言沟通。而现在，很可能，我会在一场又一场的讲座之后，成为一个演讲达人。

深宅写作带给我宁静和自我的对话与沉思。而讲座，我在很多次现场面对面的交流中，遇到很多有趣的细节，很多特别的现象，甚至碰撞出很多奇妙精彩的火花。

我得以验证思索结果、修正观点、继续累积阅历。

人本身，才是最大的资源宝库。人生可以规划，并且要努力，但不该死板僵硬去执行，也不要拒绝尝试改变。遭遇失败，要能反思，然后站起来。

最终，我们都会完成自己的一生。

如今我很清晰明确自己要什么，并且朝着方向走下去。如果沿途还有惊喜和改变，我也会思考它、审视它、选择它。

荣耀声名、经济回报，都是附属而来的，辅助我们获得更多的人生自由和内心满足。

我一直怀着这种笃定。

我们这一代的怕和爱

每一代的年轻人都被批评，不是不求上进，就是没有梦想，再要么就是世风日下。其实我觉得，判断一代人的精神气质，是很容易被日常表象所迷惑的。

生活不易，抱怨几句乃是人之常情。我是80年代人，同龄人相互交流，供房子辛苦，生活成本高，竞争激烈，压力巨大，大家热烈怀旧，这是嘴巴里永远嚷嚷的主题。

但是，拿这些情绪发泄作为时代气质的判断依据，你信吗？

我是不信的。光听嚷嚷是不靠谱的，关键是看脚是怎么走的。

中国这几十年的社会发展，其实也类似一个小家庭。

家庭这个基本的社会单元，映射着大社会的构造成型。几代人的“原始积累”，才会有未来一代人的良好发展。

恰恰是80年代人，买下了最大比例的商品房，他们成为社会稳定的中间阶层。今日之房奴，让下一代，乃至下下一代人居有定所。即便按照现行法律，只有70年土地产权。

这意味着，从70年代后期到80年代整个阶段，出生成长的这两代人，累积了至少可以供下三代传承的“社会财富”。

“无恒产者，无恒心。”这是最大的道理。有了固定的产业，才会心安理得，埋头苦干。

大多数青年不上班了吗？大多数青年人放弃个人努力了吗？大多数青年统统卖掉房子去旅行吗？大多数青年沉沦了吗？

并没有。

事实上，大多数青年在纳税，在工作，在生活，在爱，渴望的是把日子过稳过好。

套用一句陈奕迅的歌词，我们这一代人要的，是稳稳的幸福，来抵挡生活的残酷。有那么一点自恋小悲情，但和没有梦想是两码事。

其实不止我们这一代，每隔几个时代都差不多。那就是和同龄人一起玩得开，谈得来，相互鼓励容易沟通，但和上年纪人在一起不自在，没话讲。原因也简单，对家庭婚姻事业的看法，对个人自由和生活的要求，不同年代人心中的价值观和世界观早就天壤之别。

不同年代人所理解的“做梦”，根本就不是一回事。

低头做自己的事不是暮气沉沉，每天高喊高唱也不等于朝气蓬勃。精神气质，是要往内里去观察的。这正如心理学中长期蹦跶的活跃，有躁狂症嫌疑。

上一代看下一代暮气沉沉，下一代可能看他们还觉得是打鸡血呢！个体成长结束青春期了，就应该走向社会化，这其实是社会成熟的表现，是进步了。

过往年代那些人为刺激爆发的青春期，过于漫长和文艺浪漫化，宏大高蹈沦为虚无，肥皂泡一样飞快破灭，反倒造成严重退步。

理想和情怀是用来埋头努力去实现的，不是用来天天挂嘴边上，让人同情让人笑的。

梦想的传承

我想说说我的父母。从前，一直觉得他们平凡，像天底下所有普通的父母一样。他们从事着跟文学艺术无关的职业，出现在我的文字里，是以我的父母的身份。因为，他们有一个名作家的儿子。

可是他们也是他们自己。

我从来没有想到过，我的父亲，居然会书法。直到母亲今年春节跟我聊天，提起来，几十年前，我的父亲曾经写过春联去卖。

我大吃一惊。在我心目中，他一直是个工作勤勉的国企厂长，抽烟厉害，把满屋子熏得都有味道。他还获得过行业系统的省级表彰。他以这样的印象，保存在我的记忆中。

我让他写一点毛笔大字，他写了。我看得出来，他有些紧张，三十多年了，久未动笔，起初还有点放不开。直到写到第五幅字的时候，感觉才好起来。

我的母亲，今年60岁。我一直以为她是个单纯的家庭主妇，同时也是个很普通的职工，以前在单位，她是会计。也跟文艺无关。

我在接受《读者》杂志校园版专访时候，特别写过她，文章名为《像浣熊的妈》。她做菜的手艺，令我很多朋友折服赞叹。她有洁癖，把屋子一定会收拾得整齐干净。这是我对她的主要印象。

直到有一天，看见她翻出老家带过来的杂物。那里面，有她青春期的刺绣，花鸟鱼虫。还有她画过的画儿。没有受过什么专业训练，但是透着一股天然真挚的美丽。

我只能用瞠目结舌来形容。

我的写作之路，从来没拜过师，也没受过谁指点。就是自己看看报纸杂志，觉得好简单，我也可以写啊。于是我就写了，中学时代开始，发表无数作品。长大后，出了几十本书，并且还会继续出很多书。

我觉得我纯粹是个人的天赋爆发，原来不是。

恰如我的老朋友杨红薯说的，难道你以为你的文学才能是天上掉下来的吗？总有遗传和继承的。

我的父母，他们只是没有机会实现自己的热爱。时代的局限，工作的忙碌，生活的沉沉压力，令他们无法去坚持自己喜欢的文艺爱好。

于是这些文艺爱好，他们很自觉地收藏起来。很多年后，我又“意外”发现。

我想，不止是我的父母，也许很多人的父母，都有属于自己的一扇门，通往文学艺术，通往内心世界。

只不过，他们被琐碎的柴米油盐酱醋茶遮蔽了。他们其实可以成为他们自己。你所目睹的念叨啰唆强势霸道的父母，他们并不是一定要把注意力全部放在孩子身上。

如果有差不多的养老保障，身体还健康，抵御焦虑担忧，他们也有自己的审美和趣味，有机会施展出来，令你改观。还能与你共同分享创作的快乐。

书法、绘画、写诗之外，也可能是做糕点，把甜点做得精美动人，并且很好吃。也可能是朗诵主持，顺利流畅地把一场雅集活动完成。也可能是去广场上跳舞，博得喝彩，等等。

文学艺术最大的好处是，让一个人可以走向自己，拥有内心世界，拥有一份专属自己的精神乐园。

文学艺术不是什么垄断的专利，而是生活的必需品。一个人，只要解决了温饱，内心或多或少就有这样的需要。

我真心地希望，我的读者们，也能重新认识自己的父母，鼓励他们去再续从前的文艺热爱。

道阻且长，心安而后定

有一个朋友叫阿顺，第一次见面的时候，他19岁。一会儿北漂，一会儿南下。我挺惊讶的，小小年纪，已经走了那么多地方。以我的观察，这是个内心丰富，性格内向的孩子。

他有挺大的梦想，所以干脆不念书了，追梦去了。其实我有那么一点旁观者的兴趣，在我按部就班读书工作的人生里，总是对敢于不走寻常路的人，抱以好奇。

我养猫，有时候聊起来，他也来了热情，决定也养一只，我表示赞叹同意。猫有特别的灵气，很适合与喜欢安静的人相处。

起初，他在北京上班，但不满意当时的单位，想换更加好的工作。于是他回到武汉求职。拜会了各路人士以后，被学历关卡住了。虽然欣赏他的人不少，但很多大型好单位，非常介意学历。我为他不平，但也很难改变这个事实。

于是我劝他，其实你的个性很安静，为什么不在西藏好好酝酿，让自己有更强大的资历，超越学历的障碍？

他最终回到了拉萨，在拉萨的一家报纸工作。

大约是在春天中间的时分，我在网上遇到他，他说，“林芝的桃花开了，非常美。如果想去看，这是最好的时候。”简简单单几句话，语气静谧中带着笃定。

原来他去了西藏。

并且，他信佛。

我突然心中生出羡慕。

非常奇怪，他是我唯一一个从来没听到提及西藏气候不好，高山反应痛苦，生活条件恶劣的朋友。在他的小小世界里，阳光照耀，空气非常干净，人们非常虔诚。

他就像所有拜佛的人一样，去住寺院，吃当地的食物，和老婆婆、小孩子说话。一切生活节奏放慢下来，就像我后来见到他的样子，慢慢说话，慢慢旅行，慢慢看风景写字。我想这大概就叫做契合，他就适合在这样的地方生活和写作。

春节后，他从拉萨长途飞机返回，我们在江城武汉相见的时候，白白净净的男孩儿消失了，变成一个脸颊略有高原红，皮肤黝黑，眼神深沉的年轻人。

如果从外表上看来，似乎变得更加憔悴而成熟。一开口说话，我就知道，他找到了自己。

他不是那种以为去一次远方，就能洗涤灵魂的人。阿顺去过很多地方，武汉、北京、上海，年纪轻轻，江湖行走，最后留在了西藏。这不是意外。

人有两个故乡，一个是自己出生的地方，一个是脚步停留下来的地方。唯有西藏，成为他信仰意义上的那个故乡。

他写的青藏高原的风雪，藏族人的生活，巍峨美丽的冰川，都渗透了深深的感情。

不管是多晚多黑天有多冷，他都亲眼看着，朝圣者和磕头不断的信众，伴随着微弱的烛火光芒，另有境界。

当拉萨下起第一场雪的时候，他会用手机拍下照片，发给全国各地的朋友。我看他发给我的文字，“没有乘车，没有撑着雨伞，只戴着帽子，一个人走着，走到雪中的布达拉。”

太有画面感了，刹那之间，我似乎置身遥远的雪域，目睹雨雪中的行人。

说到底，这其实就是一种释然的心情，甘愿远离尘嚣，诗意地观望体会。他在最能够安顿身心的地方，写他能写的。

就像他曾在我家借住找工作的那段时间，静静的。

不吵闹，不聒噪。

在停留下来之前，一个人应该去尽可能多地看这个世界，去听人心中最微妙的声音。

道路漫长，但你会在刹那之间，抵达你所想抵达的。你我她他，都会殊途同归。

你的脚停在哪里，心就会安顿在哪里。

心安，而后定。

能安静专注的人，才能做好事情。

工作上的阿顺，采访了很多人，有在西藏拍戏的明星，有平凡的人家，有拜佛的游客。这些素材积累下来，阿顺在去年出了自己的第一本书，云集国内名家的推荐好评。我为他开心，这是他的作品。实实在在，属于自己人生的成就，也是第一份积累。

我相信，从此他会成为一个在哪里都有能力安顿的人。

孤独的真相

小时候吃一袋冠生园的奶糖，吃了几颗，想起什么来，急匆匆去找年纪只有两三岁的堂妹，极为郑重取出一颗，剥开有点油透的包装纸，冲着那个断奶过早而吮吸着手指的女孩说，来，给你吃。一颗糖的融化，大概在她保留着的最初的记忆里就是，我家哥哥对我好。于是童年常常玩在一起，感情深厚。晃眼多年过去，长大了，不再亲近，诸多谬误，相见隔膜，连话也不想多说。这只是因为各有各人生，作为独生子女，亲戚血缘，渐渐在岁月里，跟着灵魂变得淡泊。

大学后去工作，一帮同事邀约结伴去游泳，我会游泳，同事不会。我教同事，托着她的头，命令她憋一口气，忘记恐惧，仰头寻找漂浮的感觉。以及，跟另外一个友人比赛，在标准泳道里，看谁游完五个来回的速度快。当然这种比赛我认输了，可是满怀开心，泼水打闹，站在水中央，哈哈大笑。后来，结婚生子的养育娃娃去了，谋求高薪的跳槽了，买不起房子的离开大城市回家了。

于是，某个夏天，我去了一个会所的室内泳池，一个人尽情游荡了十几圈，湿漉漉爬出水面，两脚沉重无比，侧头看一眼落地玻璃窗，我忍不住对自己笑了一下，何谓形单影只，这就是。还有某次笔会，一干性情外放的人，因为一家报社的组织，走到了一起。我们高谈阔论，我们彻夜在路上游荡，集体放歌，从民歌到人气流行歌，从山歌到小调，喝过了酒，吃过了牛肉，读过了诗，看过了百年千年的建筑群。

从城墙而下，年轻的面孔一一闪现。我忍不住脱了鞋子，赤裸着脚板，沿着几百米的斜坡，从半山走下去。风猎猎吹，23岁那年的初夏，我走到了斜坡的尽头，往后回望，鲜明意识到，这样一群人，这样一次聚会，一过去就再也不会重现。

什么叫聚散随缘，这就是。当高铁还没建成，武汉、长沙、广州还没能四个小时里一线贯通，大学毕业那年，送走了同学，我则留守了学校所在的武汉。住在母校对面的房子里，我出门，逛街，购物，吃饭，无聊。

走着走着，就会走到了宿舍楼下，闭上眼睛，橘子树夏日又冒出甘甜的香气，阳光猛烈照射，体育场上跑步的男生女生们，主干道上奔流不息的单车车流，我不得不承认，我再也不是这些青春的一分子。在那些熟悉的地方，老楼栋拆除，老树砍掉，取而代之当然是更高大的楼，和更新的树木。

而我曾经午睡过的樱花树下，我曾经牵过谁的手的林间小道路，当然不复存在。

都在时光里走散了，过去的人，过去的事，过去的心。走散之后，还能够笑，能够哭，还能够大声说话。但根本上事物不同了。笑得再大声，一刹那恍惚，若有所失。惆怅再弥漫，却又会想起零碎的某个逗乐有趣的小事，独自一个人会心一笑，不足以跟人分享，但那个瞬间可以填满胸口。

孤独一直在我们心中，从来不离开。

像是为了告别才聚会，为了忘记才相遇，为了烧掉才写下了情书，以眼泪以最深挚的心意；为了删除才拍照，以残酷以最决绝的念头。那又有什么关系。了解了生命本来的真相，请勿再对自己说谎。我们不快乐，那就是不快乐，我们很孤独，那就是很孤独。

琴弦没有拉琴的手会孤独，草木没有赏识的人会孤独，明月没有了李白去望会孤独，城堡没有卡夫卡去写会孤独……统统都是多心的人，多情的人，多想的事多体会的忧伤。你，一生之中，觉察到孤独是在你隐约懂得爱的味道以后。来，让我拍下你的肩膀吧，让我提醒你，也提醒自己，人只来这一回，在这个世界上，不会再有下辈子了。记住孤独的味道，你活着，你才得到孤独，你才向往不孤独，爱和被爱着。

泉眼喷涌过，才会有干涸。月缺以后再盈满，你的心孤独后，还可以再有清澈之泉。你不再是曾经的你，孤独也不是过去那种孤独。独孤不求败，只求有延续，有雪、月、花、四季、星空、河流、桥梁，有你，以及爱。

我管这种孤独，叫高级孤独。

以梦为马，诗酒趁年华

回想自己的成长，温顺地按部就班走过来，却怀着与实际生活轨迹完全不同的人生的向往。

中学时代读到三毛那些浪迹天涯的文字，初见那一刻，何等的惊天动地。我不会取笑幼年的自己阅读面不够宽阔，相反，我非常欣慰，当年曾经与三毛的文字激情相遇。

我甚至敢说，千千万万个与我一样，有着按部就班念书上学的成长经历的人，都有着共同的惊叹。尤其是，当我们看到一个女孩子都无畏勇猛地去周游世界。

初中二年级下学期，沉浸在读书的世界里，无心课业的三毛，让父母放弃了幻想。三毛休学回家了，改由父亲在家施教。

休学这件事，堪称三毛青春时代的分水岭。三毛从教育体制中脱逃了。当了逃兵的三毛，反而获得了自由发展的机会。

三毛的这份与众不同，非常幸运，没有被父母强加限制，而是让她得到自由的选择。

母亲缪进兰回顾女儿三毛时，还说，三毛“有她自己的看法和对书本的意见，所以我们尽量不去限制她，让她自己选择喜好。喜欢看书，她父亲就教她背唐诗宋词，看《古文观止》，读英文小说；喜欢音乐，就请了钢琴老师来家里教；爱画画，就遍访名师学艺。总之，我们顺着三毛的性子让她成长。”

单单是三毛自己提到的童年书单就有：《木偶奇遇记》《格林兄弟童话》《安徒生童话集》，还有《爱的教育》《苦儿寻母记》《爱丽丝漫游仙境》……她幼年读到的作家们，则是她在“二堂哥的书堆里，找出一些名字没有听过的作家，叫鲁迅、巴金、老舍、周作人、郁达夫、冰心。”

就这样，三毛在那些千百年来国人的、洋人的，经过淘洗的优美文学里熏陶，又随着顾福生、邵幼轩两位画家习画，了解接触美术，拥有了一个相对自由的童年。难道不正是因为有了自由的童年经验，才能拥有自由的灵魂么？日本作家村上春树形容人年少的状态，用过一个我特别喜欢的词——“柔软”。

何谓柔软？

也就是十多岁的少年人，心性灵魂还没有定型的样子。如果你玩过陶艺，就会更加明白这种寓意。原是基本素材的陶泥，加入水，在旋转中，接受揉捏，塑形。最后，在火的煅烧和冷却降温的过程里，变成固定的样子。

心理学里说人的性格是在幼年建立确定的。相对于那没被僵硬的环境所磨损的柔软灵魂，三毛的灵魂，是多么幸运，得到父母无可奈何的宽容，可以散漫舒张地生长，如同植物，不被抑制扭曲。她吸纳文艺的养分，渐渐葱郁碧绿，枝叶繁盛，乃至后来，可以将文字的清凉树荫，转赠给读到的人。她拥有柔软的成长过程。

在母亲眼里，三毛“纯真富爱心”，“又有正义感，对万事万物都感兴趣，也都很热忱的去做。又是个做事果断、不易屈服的人。凡是她下决心要做的事，再艰难，她都要做到”。

这恰是一对“放纵女儿”的父母，给予她空间，所培育出的植物。如果寻找一种准确匹配的植物，我觉得，她应该是沙漠里的仙人掌。

柔软的心和汁液，都在内里，同时，也有着坚定的态度。人生的坚定，对理想的执着，固然有先天的性格原因，但最重要的是，一个人能得到做自己，追求自己生活的许可。

三毛也有过彷徨的抗争。

这些家庭的琐碎细节，对外人而言，是留白。但从情理可推，不愿去读书，父母放弃了继续把女儿送往学校忍受，进行家庭教育，三毛的坚持得到了认同，这就是变相的鼓励。

事实上，通过三毛自己后来所写的回忆文章，还有父母的回忆，我们可以发现，这些回忆里泄露的枝枝叶叶，大致拼凑出了推断的逻辑。

通过自己的争取，可以得到自己想要的生活，不是吗？

看不到具体的经过，但我相信，三毛的眼泪和赌气较量，绝对不会少。她最大的资本，也还是父母的爱。与其说是可怜天下父母心，不如说，可爱的父母心。无论如何，孩子快乐地长大，才是至关重要的主旨。三毛赢了。

那柔软的灵魂，渐渐由她自己去依靠光线和雨水，机缘和悟性，顺从内心而定型。

我曾经写过一则专栏，讲述小时候迷恋的文学作品，最开始吸引我的，都是打得精彩，故事热烈的。可是，讲故事的人，写小说的人，包括我在内，都是别有企图的。

故事讲完了，你看得舒爽了，怎么好像咯噔一下，在心里留下了什么。我们，在你这个容器里，留下了我们的一部分灵魂呀（我们创作者的体验、经历、悲喜）。

你必须先成为我们的灵魂容器，一路辛苦修炼，最终剔除或融化我们，锻炼培育出自己的灵魂。

我今日之文字，刺激你，灌输你，攻击你，诱惑你，感动你，是为了未来，请你成长后剔除我，融化我，尽皆化成你自己。

三毛的灵魂，也曾依仗文字的漂洋过海，投射在我这个遥远的灵魂容器中。日后我融合消化，成为了自己。

她那一脉自由散漫的心性，沿着文字的山谷甬道扩散，有幸遇到的人，独自去阅读，去承载，去亲近，去融合。那些文字，从许许多多的优秀作家那里来，经过了三毛，再经过你我。

成年之后，依靠回顾省悟，重新认识自身，自然就明白了，人生的每一步，何以暗藏方向。三毛的前青春时期，何其有幸。

十多岁，在学校的课桌抽屉里偷偷读闲书三毛，二十来岁在大学的图书馆内，望着碧绿的树木读作家三毛，三十岁时读三毛这个人，层层递进：我因此才读到了眼界的延伸，对天空海阔的向往；我因此也读到了文学的感动审美，洒脱的气质；至此，在重温中的审视，才会再读到这个“幸运的孩子”缘起的渊源。

你我的灵魂中，当然也是融有三毛的灵魂的。

三毛对此也有类似的表述：你从哪里来，已不必多问，答案就在生命本身，只需心领神会。

人生唯以无常对无常

炎夏的末尾，我去做一场签售交流活动，在古老的洛阳城，新建的一家王府井中心里面。

去之前，我不知道现场是什么样。一直纳闷，第一次有服装品牌邀请我合作。

去之后，我惊讶了。

原本，我想象中，这家叫元也的店，是一家纯粹的女装店。但是，整个店处处摆满了书籍，就是一个大而美好的书店。

设计师做了一个装置艺术，作为讲台背景。我强烈感觉到，布置现场的设计师，有他的深意。

左右两张大幅海报，各有一个通红的心，用红色的丝线，串联起来。剩下的，是大面积留白。

在以往所有的签售会、读书会、阅读手工结合活动、讲座，我都没遇到这样的设计。

我心想，太好了。

好在那里？

越是简洁的事物，越能够激发联想。

隔天，现场的人越来越多，站在海报前面，看着满怀期待的许多张面孔，我笑了一下，说，“我想请每一个人站起来，告诉我你对海报设计的看法？”

“我觉得，这两颗心，通过丝线连接，象征的是日积月累的亲密。所以，我觉得是幸福的。”

“我觉得很难过，甚至有点疼。那么多的丝线，透过心。”一个穿着黑色衣服，有一点成熟的女士说。

“我想，这是代表着美好，因为无论如何，他们是在一起的。”一个年轻的女孩说。

又有一个女孩说：“我感觉这两颗心是不一样的。你看，右边那颗的轮廓边缘完整顺滑。而左边的，似乎伤痕累累。”

我回头仔细看一眼，还真的是有细微差别，这一点连我都没注意到。这个读者粉丝观察很认真。我点点头，称赞了她。

还有一个男孩说，“每一道丝线，就是他们之间发生的一个故事。所以能够走得越来越近。我觉得很棒。”我觉得这个男孩说得很沉静，忍不住表扬他，“你的看法很积极正面。”

在这个男孩旁边，还坐着一个漂亮的女孩，戴着猫耳朵发箍，看起来青春照人。我猜他们是情侣：“你们俩是一对吧！一起来参加现场活动么！你呢，你对海报的画怎么看？你觉得男朋友说的对吗？”

猫耳朵女孩却羞涩地否认了，“那个，那个，他不是我男朋友啦！我倒是觉得，这两幅画并列放在一起，其实不止说的爱情。虽然通过红线连接，但，还有大面积的留白啊。这些留白说明，我们也有亲情友情，还有自己的空间，做自己喜欢的事情。”

直到，一个一直很沉默的女孩说，“我失恋了，我觉得很悲伤。”

我让所有到来的读者粉丝，都说出了自己的看法。然后，我退回到原来站立的位置，反问：“大家想知道我的感受和看法么？”

我轻轻地分开海报的缝隙，招手让大家都来看。大家涌过来，表情惊异。

在海报后方别有洞天，有一男一女的壁画头像，有一个英文单词“home”，还有日常生活用品：碗筷、杯子、水龙头、酒瓶、餐桌……这些物品摆放在一起，散发着温馨家庭气息。

大家流露出恍然大悟的神色。

一个学生模样的粉丝说：“您是想说，在各式各样的爱情观背后，原来我们向往的终点是家。对吗？”

我摇头：“不，不。这不是我的感受。”

我想说的是，年轻时候，怀着对爱的憧憬，我们交付自己的心。但是，有的人交付了，对方却不接受，只能怀揣着一颗真心，继续寻觅。

还有的人，交付了，在一起之后吵架闹矛盾，虽然结婚生子，多年后还是觉得难受不合适，放弃家庭分开了。

有一些人，虽然人一直在一起，但心却各有所属，惦记着他人，就这么貌合神离地过下去。

还有一些人，彻底分开后，却又忘不了，觉得遗憾可惜，思念不尽。但客观条件改变，无法回到原本的关系。

每一个人都有自己的爱情观和价值观，都挺有道理的。

但是，观念是对过去的总结，无法概括所有的人生，所以别让自己的灵魂固执僵硬。

这一切，都是因为，生命是流动的。

因为流动，就会有新的变化。

哪怕从前稳固幸福的关系，也有缝隙。

因为流动，我们又充满了可能性，处于单身状态的人有希望遇到新的人，诞生新的故事。

我一拍手，说，“好了，这就是我的态度，我讲完了。我们来签书。”我那些可爱的读者粉丝就嘻嘻哈哈冲过来。

其实我也留白了。我只说了，不该灵魂硬化。剩下的我用来给自己书写，让听众去想象。

生命的这种流动，并不是天长地久的。

就在下午的签售交流之前，我和十年一聚的老朋友，匆匆忙忙去了龙门石窟。

龙门石窟千姿百态，据说有十万多尊佛像。

我终于见到了最大的一尊，卢舍那大佛。仰头看了好一会儿，我就离开了。

佛像已经存在了千百年，无数人见过它。它却一个人都没有见过，因为它只是石头雕琢的偶像，并无生命。

跪拜的人，求的是自己的心，想要的东西那么多，忧愁的事情那么多，不求大佛，也会去求别的什么。

带着家人游览摄影合照的，是享受亲情。某年某月某日，在这儿玩过。多年后拿出照片可以回忆。

陪同朋友对比十年前后的容貌气色的，见证的是友情。手牵手亲密看风景的小情侣，当然是沉浸于爱情的甜美中。

我的老友的人生刚满不惑之年，下一次再见，或许就奔向知天命的年纪了。

那些举家出游的人里，孩子会长大，离开父母。父母会老去，祖辈年纪更长的，甚至告别人间了。情侣们还年轻，未来聚散不定，说不定各自换了伴侣。

佛教里的经文，特别喜欢强调欢喜无常。

也就是什么都会流变的意思。

人生唯有以无常对无常。

第二天上午，老友陪我最后游览一段行程，去洛阳老街。

我们谈到了一些生活琐碎。

他说，他的家人是企业的工人出身，对他喜欢的一切都不以为然。在他的妈妈看来，人就该好好上班，老老实实，不要看闲书。亲友态度也是一样。

他喜欢画画，虽然没专门学过，但我看过他画的佛像，很精美。至今，他妈妈觉得他是年纪老大还不务正业。

于是他仍然留在一个老式的单位里，做着办公室工作。

我回忆起当年选择辞职，不想朝九晚五时候，我的妈妈万分惊恐，害怕掉了饭碗会饿死。夜里，忽然从卧室走出来，坐在我的床边。几十万房贷啊！没工作又没稿费怎么办？

我啼笑皆非，却全然明白理解，唯有叹一口气。我真不忍心看她这样惶惶不安。

因此，我又工作了三年，像淤泥一样，在单位里充满厌倦地待着。直到我有点积蓄，另外还安置了房子，妈妈才一半担忧一半放松。我趁机流动了，从此投身无业游民，成为自由自在写作为生的作家。

我们还提起共同的朋友，嫁到了广州，衣食无忧，身在别墅。但她仍然有她的不足与惆怅。我去广州短暂工作的几个月，碰头过一次。太阳底下，烦恼类似。最近她去做公益了，默默地祝福她。

仅此一次的人生，不胜枚举的牵绊与挂念，因深爱而不忍，为自由而烦恼。

他说，他活到这个年纪，才觉得，再也不想管别人的闲话，也不想完全按照妈妈的喜好去生活了。他就是喜欢读书，喜欢文学，喜欢活泼的生命力，喜欢驴友出行。说闲话的人，其实很快就忘了为什么说你。你自己还在耿耿于怀，简直吃大亏。

我为他高兴。他心里头都明白，只是从前受到的束缚太深，无法放开来。

进了丽景门，繁华又热闹，字画古玩小吃衣物，人头攒动。走着走着，穿过鼓楼，顿时一片寂静。沿途都是冥事用品店铺，路面空荡荡，没什么人了。

一条老街，分了东西，以中间的八角楼为界。

西大街烈火烹油，东大街冰凉无味。

我挺想生活在热闹的前一半街上，却喜欢后面的这一段路，心平气和，冷清明白。

生命流啊流，从少年到暮年，然后离世。身后事交给了亲眷后人，到东大街采购用品，以完仪式。

这是人生的有限性，一直都放在你面前，看你是否愿意去想起。人势必独自走到尽头，灵魂枯萎，化为尘土，不再有温度，更加不会再流动了，固定在时空的那一刻。

这便是我们心中的怕和爱。

我们从西走到东，又从东走回西边。吃花生，掰面饼，喝羊肉汤。汗水汹涌，但也挺酣畅。正是立秋后的头一天，喧嚣世界再次扑面而来，日光弱下去，凉风吹起来。

有一天，我们的生命将不再流动，在此之前，我愿选择尽情流淌。

逍遥都是自找的
爱玩的人最好命
放下自恋，自然精彩
最初的梦想你还记得吗
省心的人最受欢迎
你只是看起来很努力
真正做自己

第七章

见识这个世界，是你最大的幸运

NO. 0000000000000000

逍遥都是自找的

一大清早，北京的大姐一个电话打来，说，兄弟，我自由了，签证下了，三个月后出国。从此逍遥喽！

我傻眼了，你工作呢？

“不要了！”

我对她佩服得五体投地。放弃国内不错的工作待遇，一个人追求自己想要的生活去，真不简单。我在这边叹，“都知道逍遥好，欲望却忘不了。”

她一句话顶回来。

“有什么忘不了的。如果你忘不了，那是因为，你本来就不是一个真正想要逍遥的人，所以只能一边想着飞翔，一边去捡地上的前程。”

确实，我老实承认了。以前看一本小说，《月亮和六便士》，写的是大画家高更40多岁时，放弃和睦的家庭和稳定的收入，为了对艺术的追求，孤身生活在一个小岛上，创作，做自己喜欢做的事情。

你向往吗?要我看，所有的人可能都会向往的。

我也敢肯定，有大半的人会对自己沉重地说：人家是大作家，当然做得到。我这样的小老百姓，可不行。于是叹息，转身回头继续忙活那永远忙活不完的事情……

我们羡慕高更放弃世俗眼中的繁华，改变以前生活的勇气，但却始终不好模仿，于是，我们守着自己的围城，哀叹一辈子的束缚。

如果你连打破面前障碍的勇气都没有，活该朝九晚五。逍遥都是自找的，也都是自己放弃的。

爱玩的人最好命

有一年的出门旅行，去了一个我去过的地方。真的，我很少出游去同一个地方两次。没想到，阴差阳错计划改变，我又来到鼓浪屿这个小岛了，连自己都觉得出乎意料。

我住的那家旅馆淡季打折，带浴池的房间不到三百，坐在柜台内的店员闲扯说，有个客人本来住的四百多的房间，因为是长假前来的，后来涨价到七八百一晚上，那客人心一横，也继续住了四天。我听了忍不住哈哈大笑，这种豁出去了老子就要好好奢侈一把玩几天的心态，太可爱了。

那些日拼夜拼努力赚钱的人儿，来了岛上，活得像个人样了，实在让我想竖起大拇指夸奖。

白昼顶着曝晒的日光看猫看狗看男女老少国人老外，夜间，跟友人，跟两个陌生人在小酒吧闲坐。我不喝酒，我看他们喝酒掷骰子，我还看旁边另外一大桌子的女生玩勇敢游戏。这些女孩发出巨大的笑声，有个女生被她们鼓舞着站出来，突然跑过来抱住了坐我旁边的一个男生。于是整个天台上的人都乐开了。

回去的路上，走过熟悉的路，吹着风，背着背包，我像个无声无息穿行在岛屿上的透明幽灵。不必勉强自己说话，也不用强迫自己执行什么工作计划，很爽。

故地重游，我这才醒悟，这岛屿真正吸引人的，不是什么文艺杂货铺、老建筑、海边风景、小吃、艳遇，而是一大团人，来到一个地方，像模像样热热闹闹玩几天。玩什么都好，能用心去玩，才是最了不起的事情。

有了这么一个大家都在用心去玩的氛围，难免从众心理作祟，玩得更加心安理得了。没错，我们这国度有种先天的教条，贬低玩乐强调劳苦，然则，生命如此稀罕绝无仅有，转瞬即逝化为尘土，你怎能连玩耍都觉得有罪？

尤其是玩乐之中，藏有真正的个人价值。

年轻时候看作家倪亦舒的小说，她最喜欢写故事里的主角世间打滚，哭笑折腾，然而回忆幼年或昔日曾有过一段极欢乐的玩耍时光，也就不会那么心有不平太过酸楚了。

那段发自内心觉得快乐的时光，是属于自己的，是自己真的在活着，有了这段时光打底，此后才能更奋不顾身地活下去，去爱去恨去勤勉用功，继续发展成就我们的故事。多励志啊！

反之，你看那些让自己总是活得苦累交加者，永远抱怨不完，沉沦其中无法自拔，令人避之不及。

我们活这么一辈子，并没有太多时间真正用给自己。尽管我们有不少时间是一个人度过。

当我们孤单一人却一点也不享受，觉得寂寞觉得孤独，只因为这样独自一人时，我们丢不开其实次要的事务工作，我们心里惦记着根本不属于自己的人，没能把生命赐给自己一点点。

如果这世界真有神，那爱玩的人才配神的眷顾，才有资格身心健全，做神的孩子。

世界可爱的一面就是，有一些人不必成为热爱苦难的人。不必口口声声说什么困难教会他什么。

比梵·高幸福太多的人，是毕加索。因为他活着成为大师。 毕加索的传记里写了一笔：那天晚上玛丽洛朗森喝醉了。

玛丽洛朗森不必成为一个热爱苦难的人。对她来说，“喜欢奢华，生在巴黎觉得三生有幸。不喜欢闲聊，责骂和恭维，吃得快，走得快，画得很慢。”活到了73岁，晚年在巴黎郊区的森林附近买了一套小公寓，从不缺钱。女管家陪着她安享奢华，走到尽头。

很多人对受苦心安理得，甚至逆来顺受。对幸福受宠若惊，甚至闪躲恐慌。大概就是鲁迅说的那样，做惯了奴隶。

其实，你有资格承受世界上任何庞大的幸福。

放下自恋，自然精彩

从前我是一个特别内向害羞，畏拒公开讲话的人。后来，我去了很多大学巡回讲座，大家听得津津有味。就有同学问我，是怎么做到的？答案是：因为我克服了自恋。

很多人会说自己太自卑，一上台就紧张，对着很多人说话就结巴。

其实，台上紧张结巴的真相，并不是自卑，而是太过自恋了。因为真的没有多少人会在意台上的你，你以为别人会一直注视你，时刻关注你的一举一动，实际上不是的。大家都是一边偷偷闲聊，一边玩手机。

我自己也会坐在台下，参加别人的活动，听着别人讲话。

换位思考一下，台上的人总是讲一些假大空的玩意，我也昏昏欲睡，只好玩手机啊！

我去出席某省政府主办的官方会议，有的领导侃侃而谈，发言活泼有趣，就听一下，有的老作家讲话空洞乏味，我就走神了。我看看左边，某儿童文学超级畅销书作家在偷偷玩手机，看看右边，某作协副主席在纸张上涂鸦。

所以啊，不必太在乎别人怎么看你，别把自己太当回事。只管如实分享你自己要讲的东西，有需要的人，自然会倾听。我学过的心理学，又派上用处了。

我每次去那些企业啊、大学啊、书店啊举办巡回讲座，只讲真实好玩的东西。而不是为了显得高大上而准备高大上的话题。

结果我发现，讲那些实实在在的人生经验和故事，效果永远好过高大上的话题。

还有一个关键问题是，很多人畏惧社交应酬，其实也因为自恋。这一类人总是把自己当成天真需要呵护的孩子，把别人想象成世故狡猾的老狐狸。

其实，绝大部分人都是为了生活，为了工作，硬着头皮遵守礼仪去应付社会交际的。天生喜欢交际喜欢抛头露面的人，只占极少数。

多年前，我采访过一位著名的院士。

一开始谈到工程的历史争议，历史渊源，和他自己青春时代的工作故事。老爷子的叙述口吻，一直非常平静。他觉得年少时候的艰辛工作不值一提。

后来提到了工程引发的环保问题争议。

老爷子激动起来，提高嗓门，引述各种世界组织的官方研究数据。他挥舞着双手，像一个纯真的孩子，要分清楚对错，澄清事实。

采访之前，我觉得老爷子这么专业权威的院士，曾经还有高级官员的身份，又曾经担任世界上最大的水电工程老总，举世瞩目。

他要聊的肯定都是高大上的科学话题，摆出很高级干部的姿态。

但是没想到，看到了老爷子真性情的一面，露出一个较真的科学家的气质。我反倒轻松了，开始兴致勃勃地倾听老爷子的人生故事和鲜明观点。

当时被他的一个小故事给深深地吸引了。

他说在湖北的秭归，很多移民以前都是手工小摊贩，后来住上了现代化的房子，改变了生活。

我总觉得是去采访一个重要人物，要完成一个大稿子，于是人为地给自己制造紧张，尽是问一些高大上的话题。最后实际出来的效果往往很无聊，变成假大空。这也是自恋的表现。

其实仔细观察很多的采访对象，他们也有自我保护的一面，不得不小心谨慎，但内心深处，人的天性都更加愿意放松聊天，完成沟通交流。中国所有的主持人，我最欣赏的就是杨澜。她的名人专访，都是轻松自如地切入，让受访对象不知不觉说出了“好料”。

这些年来，听过别人的很多讲座，也在台上举办过几百场大大小小的讲座。我采访别人，也被别人采访。

被人采访的时候，如果记者总问很宏大的问题，我也提不起劲。曾经有记者问我，“怎么看待中国纸媒的未来？”

天啊！我哪知道呀。纸媒里有收版面费活得很滋润的学术期刊，也有市场衰败崩溃惨死的傻瓜报纸……根本没法搅和在一起说啊！

这问题太宏大了，就很难讲清楚，让人不知从何说起。

小切口的问题，丰富生动的细节，才能写出有趣的文章，讲出有趣的故事，通往精彩纷呈的世界。

归根结底，自恋是我们最大的敌人，放下自恋，自然精彩。这正是我在心理学里收获的认识论。

最初的梦想你还记得吗

我家对面的楼栋里，有一户总在夏日传出练琴的声音。那钢琴曲，真的是弹得像玩孩子跳房子游戏。总之，就是东一个音符，西一个小节。断断续续极不成调，旋律一会儿重复，一会儿卡壳。这几年来，很多次我在午后在黄昏，被这不流畅的练习曲吸引了注意力，在心里忍不住发出一句感叹：啊，弹得好差哦。

虽然觉得这乐声，在忙事的时候很接近噪音了，但这种乐器本身音色漂亮，只要不是暴烈地弹奏，还算比较悦耳可以接受。就这样，一年一年地过去。这年初夏，我突然听到了一首完整的曲子，并且，还是巴赫的《小步舞曲》。

那一刻，我静静地侧耳听完，听得入神。良久，才想起来，我似乎忽略了什么。

由始至终，没有听见教训，也没有听见责骂，更加没有听见狂飙的琴键齐鸣。这意味着什么呀？这意味着，坐在那一架钢琴前的人，一直是很自由闲散地在做这件事情。

是在练习，但并非苦练。

如果苦练，那所有邻居的耳朵都有罪受了。

手指按在黑白色琴键上的人，是什么样的人呢？

是被赋予了父母希望，看看是否有音乐细胞的孩子？还是怀着一个钢琴家之梦的成年人，买了一架钢琴闲置在家，有空就练习一下？

无论是谁，我都觉得，这个人弹出了世界上最动听的一个版本的《小步舞曲》。因为回到了一件事情所应该有的本质。

乐曲初生，如此象征性的事物，无色无味无形，寄托了人的情感、心绪……满足最本质的宣泄需求。

有些事物被创造出来，变成了专业，变成了竞技，变成了比赛，都是让人忍不住想嘴角一撇的。如果需要依靠这项技能而食饭谋职，那必须专业，作家画家音乐家们都在劫难逃。

而在此之外，不用这样本领谋生，最好还是当成把玩和游戏算了。而且不用赶时间，慢慢来，越慢越好，就像所有的孩子都需要大人慢慢陪着长大。

在自然而然的时间之中，练习曲娴熟了，优美了。但那只是一个合乎顺序的结果而已，有当然挺好，没有也挺好，当事人乐在其中，也没妨碍旁人。

然后呢，我居然想起了另外一个人，在我遥远的家乡小城，在小城外的某个村落，有个会剪纸的婆婆。她的剪纸，特别美。她从小看着长辈们剪纸，花和鸟，还有其他动物、植物……于是她模仿，兴趣盎然，有空就琢磨。从少女时代剪起，过了很多很多年，少女变成了婆婆，技艺也出神入化了。

她压根没想过半个世纪后，会被到民间采风的美院教授发现，会被收入中国民间美术史——被收入又有什么了不起的，即便她的技艺没出神入化，她的剪纸仍然是最好的，有最高的快乐含量。

那些诞生就是为了我们可以自得其乐，纯属好玩的事情，有本来的意义，本有的面目。虽然现实层面看，因为各种缘故，这些事情事物渐渐就走形了。

我也深深地知道，人生是不容易的，但至少我们要省悟到这一点，这种走形，不是天经地义无可厚非的，是应该厚非的。

那些一路走着走着，忘却了本来面目的事物，只要有机会，你就把它们打回原形吧。

省心的人最受欢迎

我有个房子在出租，之前租给过一个女生，五分钟不到，就谈定了。没多久，因为漏水，得维修。总之，各种麻烦。

结果，我发现这次的新房客，情商挺高。一方面，打电话给我说，她的老公真的不想搬，找房子好麻烦。一方面和房东，也就是本人，协商双方止损。

她在电话里说："我们真的东西多，搬起来麻烦，还要上班。"

我笑了，"我也是为你们着想呀，你看，你们好几天用水不方便，怎么洗澡，怎么上洗手间？"

"没事，大不了去酒店解决。旁边有便捷平价酒店。我们可以克服修补漏水的麻烦，对了，您那边只要减点租，少了不就可以了嘛！"

我发现，她由始至终情绪相当稳定，一直在电话那边笑着求我，顺带还安慰我："你不知道，上次我在电梯里，就看见一个水电工，一问，原来是11楼的漏水了。其实很好修的，所以真的没啥。对了，我可以帮忙的，我也懂点呢，还可以帮忙顺便盯工维修。”

之前，我没问过这两口子是做什么的，估计多半是做销售或客服磨炼出来的。于是我被说服了。

然后我在微博上感叹，遇到一个很有头脑的新房客。微博上的一个朋友李写意说，“其实这种人就是特别正能量的人，遇到问题不抱怨、不情绪化，而是想办法解决问题，商量多种有建设性的办法，大家进行选择，适当让别人舒适而达到自己的目标。我特别喜欢这种人，幸亏周围也是这种人多！真幸福。”

她说得特别好，我特别共鸣。

遇到这样的租客，事情好解决了一半。这样双方都可以减少损失和麻烦，达成一致。不抱怨不情绪化。

李写意跟着说，“我非常惧怕那种出了问题，就是抱怨暴躁哭诉各种不爽的人。好声好气问，那你到底想怎样？他说不知道，继续发脾气。然后提出解决方案，对方也不接受，继续发脾气。到底是要怎么样啊亲，一副全世界就他倒霉要抱抱的成年人伤不起啊。”

后来事情的发展就比较有意思了，公共水管出问题了，原来应该归物业修理。

公共水管修的时候让物业把整栋楼停水。不过，全程他们都不用搬，对他们的生活影响不大。

就这样，新房客免去找房子的麻烦，我这个房东也觉得过意不去，多多少少还是减免了两百块房租。

大家的损失都比较少，也没有什么争执。

最重要的，也许就是三个字，成年人。

不是过了18岁，就是成年人。成年人得有做事做人的样子，理性地与人打交道，就不能再像个任性的孩子了。

我也很了解我的那些房客。一年又一年，赚钱存钱，奋斗，过渡到自己买房子，不必再看房东的脸色，拥有了经济自主权，可以过上自己想要的生活，种喜欢的植物，尽量设计装修出自己想要的风格。

真的，曾经我也租过房，墙上挂个东西要弄个粘钩，都担心房东生气。那些租房漂泊的人，渐渐都在巨大的城市里，有了自己的小窝。

我想，这个新房客，有一天，肯定不用再搭理我这个房东了。不过我相信，她应该比一般人抵达梦想快一些。

你只是看起来很努力

大学时，我有个最为欣赏的学长。心比天高，文笔洋溢，辩才无两。毕业前夕，怀揣着理想上路，去了一家省级青年报做编辑。当时的他，已经是校园名人，拿过全校最佳辩手，风华正茂的时刻，赶上那家报社创业初期，信心饱满，信誓旦旦。

那份报纸的大幅广告贴满城市的角落，一切都让人激情澎湃。他学习多年的法律知识，积累长久的新闻敏感，还有那一笔好文章、一口好辩才，就等待着东风吹起。

不料，报纸没办出生路之前，就抛弃了他们。中间辛苦几个月，做版、坐班、采访、写稿、编辑，全部成了“实习”。

没有签订正式的协议，也没有正式的洽谈福利待遇。当时唯一的解释是，为理想和事业开始，那么，必定要做出牺牲。报纸等待资本注入，等待咸鱼翻身。最后，刊号变成了另外一家传媒集团所有，这些年轻人，梦想破灭。

于是他在毕业时候，回了家乡，一个位置在中部却算西部的山区自治州。混迹一年，困顿万分。怎么也没想不到，会有这样的生活状态。

他是我的师兄，也是一个参考个案，对于还没毕业的我。我第一次近距离看见一个人的挫败和失意潦倒。哦，原来那些跟你猛谈理想和未来，看起来很牛叉的单位，说垮就垮啊，什么正规的保障待遇都没有。堪称社会第一课。

没有什么比这种打击，更加让年轻人压抑和痛苦。功成名就成为泡影。该怎么办？

这个学长经过一整年的沉淀与反思，重新开始寻找理想，给自己重新规划人生。

他言之凿凿，跟我说，他要选择自己可以读的专业，选择自己学得好的学科，上北京，拜会导师。他情绪激动，表示要回来和师弟们在一所普通大学上晚自习，读书。他想选的专业是国际航空法，国内研究不成熟，尚在起步，导师是这个领域的权威。若能够读上，跟对方向，大有可为。

但是，他半途放弃了考研，又去了某个热门大型网站。

我很不明白，他为什么会这样。他说是因为那网站许诺高管位置，还有不菲薪水。

去了之后，他发现好多红红火火的事件都是策划炒作，很低级庸俗。他又觉得跟自己的理想差距太多。于是他又回去家乡的法院，做了两年，觉得气闷，跟周围格格不入，放眼望去都是混日子的庸俗。

他辞职，去了响当当的某个大电视台，在外包机构做片子。常常深更半夜打电话给我，给我们当年玩得好的其他同学，倾诉，又倾诉。

眨眼，十年过去。

他混不下去，辞掉工作，离开北京。想在我们的母校所在的城市，重新开始。但是这个城市已经日新月异，没有他的位置了。去高校，他学历不够。去媒体，他嫌弃省市媒体低就。重新考研，已经没有耐心。

他在北京混过，帝都这样的地方，掉一片树叶，都能砸中个官员或者名人。他采访的是北大清华最牛的学者，目睹的是身家亿万的国际企业家。

可是，这跟我们自身有什么关系呢？

刚好我在职业生涯的中途，兼职做过一份中央级报纸的通讯员。他所能看见的赫赫人物，我也见识过。今天飞北京采访部长，明天飞南方参加商业会议。但我很明白，这些经历，只是因为背后的平台是金字招牌。离开了平台，你自身有多少价值才显现出来。

很多人就迷失在了这样的浪潮中，依靠大平台，左右逢源。离开平台，什么都不是了。

一个清醒的人，应该在平台里学习到的，不是吹牛谈资，我跟谁一起吃饭一起聊天，而应该提高自己的本事，打出自己的名号，拿出自己真正的作品。

人生不该只有世俗评判的标准，金钱权势和成功不是单一的。然而，一个人十年过去仍然不知道自己要什么，也没有为自己积累起应该有的职业地位，那么，我们只会觉得，他的心太浮躁。

仔细交流后，我发现他没有一件事认真做满三年。不管是编辑记者，还是纪录片导演，不管是法院书记员，还是网站公司部门总监。眼界开阔得不能再开阔了，人却再也无法静下心来，像古人说的那样“三省吾身”，觉察真正想要什么，能做什么。

这中间，他还像个真正的文青那样，云南丽江、厦门、西藏等，独自去旅行。然而，旅行就是旅行，并不会一下子就让人脱胎换骨，该面对的，不会少。他没有长期稳定工作，没有准备结婚的固定女朋友，当然也就没有考虑买房，没有考虑买房，就没有积蓄，没有积蓄……离开电视台回到家乡，他想做生意，却让母亲失望了。毕业这么久，工作一换再换，还要家里资助做生意。

他来找我，住了半个月，白天深夜都在谈人生。

我劝他，到了选定自己的职业，沉下心做好的阶段。他却问我，有没有兴趣一起做生意开一家图书公司？我哑然。

扪心自问，我怎么敢跟这样不定性又天真的人一起开公司？

我们一心为理想寻找一双可以飞登天空的翅膀，却不知道，理想需要的，只是一双踏实的脚板。如果你真的去看看身边的这个世界，也许你会发现，你的判断，也许真的太固执、太稚气。

后来，我所经过的道路，我和我的同学们所经过的道路，虽然细节不一，却差不多。

我们在大学可以激情澎湃，可以指点江山，却没有意识到，你能够指点江山挥斥天下，口头盘点历史人物现世高手，恰恰是因为，那是一群孩子待的地方。

人们对于没有真正长大的孩子，总是宽容的。

因此我们自信膨胀，以为自己就是济世之才，就是国家栋梁。顶不济，也能够混个人模人样。

有时候，放弃错误的理想，比坚持正确的理想，难上一百倍。但是，在无数不确定的命运，最后被事实证明过后，我们还能够那么坚定地，认为自己是理想主义最后的拥趸？

真的，那是一种遗憾。在我们成长当中，居然没有人告诉我们，你在追求理想之前，多半要经过沉默无闻的那种生活，你要生活的如同水浒李逵说的：嘴巴里淡出个鸟来。

你要自己坐热板凳，成为不可取代的职员，才能不断进步。

你在炼成火眼金睛之前，可能被很多老板拿理想情怀这些大词忽悠欺骗，之后才会沉淀出坚韧的心志，才能够培养出洞悉本质的眼光。

你既要赚钱谋生，独立自主养活自己，也要不断充电、不断学习，更上一层楼。你越是积累，就越多财富、越多能力。

你要埋头苦学，把同事和朋友的优点经验，一一吸收，琢磨消化，才能够将你所得到的间接的经验，转化为实实在在的自己的本事。

你要搞清楚自己的条件，自己的个性，自己的能力，你才会真正知道，你自己，究竟在这个世界上，站在什么样的位置上，你究竟，是一个什么样的人。你以后，会获得什么样的成就。

我们的成长，就是在一点一滴的失败中总结和矫正的。我们仰仗的评价标准，曾经是那样脆弱。把每一张试卷做到拿一等奖学金，会因为不会用打印机，被大老板视为笨蛋。

运气也很重要，但谁也不知道是否属于你。你得时刻准备好，等风来。风不来，你还得换一个有风的地方。

20岁到30多岁的十年，是一个人积累和定型的时期。十年里，你做了什么，就会把你塑造成什么人。

十年时间，把我塑造成了一个去过自己想要的生活的作家。我不比商人有钱，我也不比大学教授更加有学问，我没有官员的权势，但我知道自己要什么，我为之努力，并且得到它。

十年时间，在法院的同学，已经走上中层岗位，在大学的同学准备评副教授，在媒体的同学基本都是副主编，甚至公司安心做上班族的同学，也买好房子车子跟老婆孩子过自己的小日子。

人各有志，没错。但你真的喜欢你的志向吗？还是说，只是因为它满足你的短暂虚荣。

理想不需要一双高蹈而不切实际的翅膀，只需要一双结实的、理性的，以及心态安稳的脚底板，一步步踩着地面走。但愿我的学长，从此把握好自己，开始新的生活。不要再看起来那么努力那么折腾那么富有才华，其实荒废了十年珍贵的光阴。

人生的斗志不灭，爱惜自己的健康，积累能力，你还有下一个十年，千万别再荒废。

真正做自己

你有没有试过，穿着风衣在大风里一路走？风吹着你的头发你的袖子你的人，在人来人往的大街上独自前行，好快意。

你有没有试过，爬上很高的楼顶，撕很多纸，比如考试完以后的教科书和试卷，比如密密麻麻的笔记，然后沸沸扬扬大把大把撒下去？更快意。

你有没有试过，深夜大醉伙同一群人放歌喧嚣走在千年古城里？

你有没有试过凝望一朵牵牛花在阳光照耀下亲自开放？你有没有试过喂路边一只沉默安静的狗？

你有没有朝着陌生小孩露出笑容然后看见那小孩也冲你开心笑着？

多多少少有试过吧！

以上种种，我全做过。

这些，那些，人生中促使我有勇气追求更好生活的事，汇集融合成底色。使我觉得活在这个世界上，即便灰心绝望沮丧，但总还是绝对妥协，坚持下去。

因为，我曾经真正做过自己，所以，即便有时戴上面具，我也会记得拿下来。因为我记得真正做自己的惬意和自由畅快。

因为，我曾经热爱过盛大的场景，那些庞大宏大的场景使我激动过感动过震撼过佩服过，但事到如今，我懂得了再伟大的事物，最终唯有落在微小的个人身上，才是实在有意义的。

独上高楼，天下有雪，是书本里的幻想，是令人陶醉的意气。但生命的节奏自有其规律，渐渐步入思考和觉醒，也就不再迷恋那些最盛大的东西。一如许多年前，海子说过“只关心粮食和蔬菜”。

你如果学不会爱你接纳的最基本的食物，你就失去了切实感受的能力。目睹一朵牵牛花的开放，你知道，它之后就会凋谢。你会知道生命有起始终结。

喂过一只温驯的狗，你会习得什么是可亲可近，什么又是警惕防备。有的狗对你亲近吻合，有的狗暴躁攻击。就连动物都是复杂的，人这种高级动物就更加复杂。

领略了复杂之后，你才会体谅世界上其他人的形成，你才会醒悟就连你自己都是复杂的。我们因此而是丰富立体的。

在此之上，你才能够主动自觉去选择，做一个向善自律的人，还是做一个放纵肆意的人。

最后的最后，你看见孩子的笑容了。当你长大了，不再是一个孩子了，你开始欣赏孩子的魅力了，那根本不是因为什么天真什么单纯那些堆砌的品格。

那是因为，你一再重温源头。你也是从这么样的一个孩子开始的，开始体积增加，开始力气变大，开始思维深沉，开始知识累积，开始阅历厚重。你既是对这陌生小孩笑，也是在对着你内心的那个小孩，那个内在的小孩笑。

来到这个世界，是你最大的幸运。

见识这个世界，是你最大的幸运。你永远属于这个世界，化为尘埃，化为镝。世界短暂属于你。谋生、求食、繁殖……爱。短暂过程里，你想拥有一个什么样的世界，什么样的自己？然后怎么做？

这答案，我会一直疑问下去。

希望你也是会。

SHANCHUANHUHAIDOUZOUBIAN

嘉柯的诗

我推开了月亮

抱住这绵延长夜

世界在我心里旅行

整个天空都是睡莲

我如此欣喜

夏日晚风终于幻化成我

万物都随之而去

再没有人给我写信

再没有人记得我

晚安

致未眠的你，也致晚归的你

致无限怀念的你，也致遗忘的你

致笑着的你，也致哭着的你

致星空下的你，也致遥远时代的你

致孤独的你，也致相爱的你

你要记住我

你一定要记住

就像你记住自己那样

就像耳朵垂下来必然听见神谕

就像眼睛闭起来必然看见一切

嘉柯的诗

我在从前路过的天桥下

又看见木棉花

心不在焉地坠落

心不在焉地再开

每个城市都会老掉

街道和雨水可以作证

在重游的时候

你成为故地

我成为故人

（广 州）

· 170621 ·

时光慢递·

写给世界上独一无二的自己

你可以在这里给自己写三封信。

一封给过去的自己，谢谢从前的你成就现在的你。

一封给现在的自己，鼓励现在的你继续加油努力。

一封给未来的自己，期许你所向往的幸福和梦想。

也许十年后再一次翻开，你会感谢这一次小小的留念。

纵然时光飞驰，也有你初心不变。

走遍山川湖海，你依旧是迎风而立的少年。

·时光慢递区·

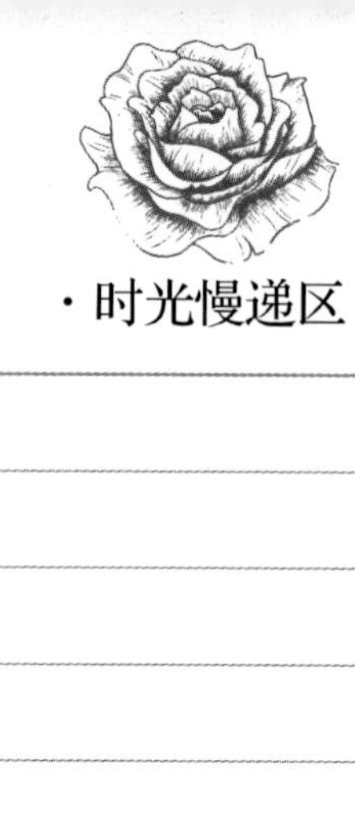

· 时光慢递区 ·

OFFICIAL SEAL
REPUBLIQUE FRANÇAISE
5c
POSTES

PAR AVION
6¢
United States

OFFICIAL SEAL
REPUBLIQUE FRANÇAISE
5c
POSTES

PAR AVION
6¢
United States